« La vie va jusqu'à la mort
Après elle se fait déraison
C'est là que je l'attends*. »

Alicia Gallienne, *L'autre moitié du songe m'appartient.*

« Ici, tout a la suffisante clarté et la délicieuse obscurité de l'harmonie. »

Charles Baudelaire, « Chambre double », *Le Spleen de Paris.*

---

* NRF, Gallimard, 2020.

– TU M'ÉCOUTES ? STAN ? ALLÔ ? STAN ? TU DORS ?

Dormir ? Comment le pourrais-je, alors que, depuis près de vingt minutes, le temps d'une vie entière, me semble-t-il, Babette soliloque. Tout y est passé. Mes silences, mon manque d'implication dans notre vie commune, mon enfermement volontaire, mon refus de sortir plus souvent. Stan, Stan, Stan.

Babette, Babette, Babette. Dont les maillots de bain diffusent une odeur de chlore qui imprègne peu à peu jusqu'aux murs du Terrier, comme Lisa a toujours surnommé la maison. Dont les recettes à base de tofu et de céréales aux noms impossibles à retenir agrémentent notre quotidien. Dont le fils, Téo, vit arrimé à son iPhone comme un pauvre marin naufragé à sa ligne de vie.

Je soupire.

– Écoute, Bab', je sais que c'est difficile.

Non sans hypocrisie, je rajoute :

– Surtout pour toi, mais…

C'est au tour de Babette de soupirer.

– Je sais, je sais…

Pas besoin d'évoquer à voix haute le décès de Liv pour que les couleurs du deuil imprègnent notre chambre. Ni de rappeler que Lisa a perdu sa mère. Babette n'y peut rien. Je n'y peux rien. Lisa n'y peut rien. On doit s'en accommoder, c'est comme ça. Généralement, il suffit que je laisse entrevoir la possibilité de diriger la discussion sur ce terrain-là pour que Babette renonce à la poursuivre. Pas ce soir. Elle repart à l'attaque :

– Il n'empêche, Stan, ça ne peut plus durer. Téo et moi, nous ne sommes pas des invités de seconde zone dans cette petite vie bien réglée que tu as construite. Nous avons besoin, *j'ai* besoin, de trouver ma place au sein de ce foyer. Je veux bien reconnaître que je suis parfois maladroite, que j'ai une part de responsabilité, mais si tu ne prends pas les choses en main…

Il est l'heure de dormir, chantonne Laïvely, notre assistant domotique à nous, avant de couper brutalement la lumière de ma lampe de chevet.

Babette se crispe à mon côté. Je retiens mon souffle.

Il est l'heure de dormir a résonné de teintes plus vermillon que d'habitude. Laïvely perdrait-elle patience, elle aussi ?

LONDRES, VINGT ANS PLUS TÔT

C'est son rire que j'ai découvert en premier. Un son cristallin aux liserés jaunes, avec une touche de taupe aux entournures. Quelque chose que je n'avais jamais vu auparavant, jamais ressenti.

D'elle, seul son dos était visible. Penchée sur l'acteur qui interprétait Dorian Gray, elle retouchait son maquillage, une palette de fonds de teint à la main. Une palette qui, mise en musique, aurait été comme une cascade de clochettes, le son à peine plus aigu que celui de son rire.

Je me suis arrêté dès la dernière rangée de fauteuils de la salle, et j'ai attendu qu'elle se redresse. Elle portait une jupe courte, noire. Un tee-shirt bleu nuit épousait la courbe de son dos. Pas de soutien-gorge. Des sandalettes en cuir, à la lanière usée. Une masse de cheveux roux, retenus de manière précaire par une pince de coiffeur qui semblait épuisée d'essayer de domestiquer ces mèches qui partaient en tous sens, ne demandant qu'à échapper à sa surveillance.

J'ai vu tout cela, et bien plus encore. La ligne de son bras, le geste de son poignet alors qu'elle agitait un petit plumeau sur les joues de l'acteur ; lui, yeux fermés, s'abandonnait à elle. J'ai vu la pliure du genou, une veine si bleue qu'elle en était verte, sinuant le long de la jambe avant de disparaître sous l'ourlet de la jupe.

J'ai vu la marque d'une piqûre de moustique au-dessus de son coude droit. Et des taches de rousseur partout autour sur sa peau.

J'ai vu…

Le théâtre un peu crasseux, qui dégageait une odeur de poussière et de sueur. Les sièges rembourrés qui avaient connu des jours meilleurs. L'éclairage concentré sur la scène où s'agitaient des accessoiristes et deux ou trois types dont je me demandais quel était exactement leur rôle dans ce ballet étrange que sont les premières répétitions d'une pièce de théâtre.

J'ai vu le divan au velours grenat où s'était affalé l'acteur. Une lampe avec un abat-jour à franges, à la lumière trop vive. Un portrait tourné contre un mur.

Les voix des uns et des autres me parvenaient, sans que je comprenne de quoi ils parlaient. Les intonations changeaient de ce dont j'avais l'habitude dans les petites salles parisiennes où j'avais fait mes débuts.

Le temps d'une demi-croche, j'avais oublié que j'étais à Londres, que c'était mon premier travail vraiment sérieux et que, pour moi, la vie démarrait à cet endroit même, à cet instant même.

Tout m'est revenu quand la fille s'est redressée et a quitté la scène sans se retourner. Je ne savais toujours pas qui elle était. En revanche, je savais que je n'étais plus le même.

Je n'aurais jamais imaginé qu'une fille-clochette existât pour de vrai. J'avais toujours particulièrement aimé le son du triangle. Il m'évoquait des gouttes de pluie à la forme idéale, tombant sur une rivière en crue. Une perfection de transparence bleutée, à effet de miroir grossissant. Le tout voyageant à une vitesse telle que l'imaginaire prenait le pas sur le réel.

Mais voilà. À Londres, ce jour-là, je rencontrai une fille-clochette. Et elle voyagea dans ma vie à une vitesse telle que je cherche encore à la rattraper.

Liv, car c'était son nom, était maquilleuse de théâtre. Elle aimait les glaces à la pistache, les scones uniquement tièdes et fourrés aux raisins secs, la pluie quand elle est régulière, le soleil à l'heure du couchant, le gris des pavés, la littérature mais pas celle commise après 1937, les vignobles français, Barcelone et la famille royale britannique.

Tout cela, je l'ai découvert peu à peu, ajoutant des touches de couleur au portrait d'elle qui a pris forme en moi, au fil du temps. Avec Liv, image et réalité se superposaient par moments, pour s'éloigner tellement à d'autres que je ne reconnaissais plus la femme qui dormait contre mon flanc.

Mais ce jour de juillet à Londres, il ne s'agissait pas encore de ça.

J'avais débarqué en ville l'avant-veille. On m'avait sollicité pour composer la musique d'une nouvelle adaptation du *Portrait de Dorian Gray*. Un de mes textes préférés. Un de mes auteurs cultes. Une ville que j'adorais. Il n'en avait pas fallu plus pour que je saute sur l'occasion et accepte tout : des conditions financières pitoyables, un logement miteux, un budget ridicule. J'avais vingt-cinq ans, je me prenais au sérieux, mais pas au point de laisser passer une telle opportunité. Je m'imaginais bilingue, grâce à une scolarité propre et nette et à un apprentissage laborieux de l'anglais. J'ai vite déchanté, mais les nouvelles notes que me promettait cette langue compensaient largement ma difficulté à converser les premiers temps. Elles se frayaient un chemin en moi, donnaient naissance à de nouvelles perspectives, à de nouvelles associations qu'il me fallut un temps pour accepter comme miennes.

J'avais passé les deux premières journées de mon séjour à me promener, nez au vent, entre Soho et St James Park, entre Covent Garden et les bords de la Tamise. Londres était bruyante, animée, folle. On y croisait des hommes au costume triste et sévère, des filles aux cheveux mauves dressés sur la tête, de vieilles dames dignes tout droit sorties de chez Harrods, des couples branchés s'engouffrant dans les ruelles étroites de Soho. Dans les bus à étage, on avait le sentiment de vivre dangereusement à chaque virage, sous la menace de la prochaine branche de platane. Les touristes poussaient de petits cris, les enfants applaudissaient.

Je me gargarisais de tous ces sons, de toutes ces odeurs, des teintes de l'été sur des pelouses jaunies. J'étais aux anges, et me moquais que l'eau de la douche soit au mieux tiédasse, que mes colocataires aient un goût prononcé pour Blur, de préférence très tard le soir et très fort, que ma chambre ait la taille d'une petite salle de bains d'hôtel de province en France. J'étais prêt à me gaver de plats indiens, de *stew*, de *fish and chips*, de sushis, de tout ce que m'offrait cette ville-monde où régnait une cacophonie de sons, d'odeurs, de couleurs. Le mélange des genres y était sans fin. De Chelsea à Brixton, de Seven Sisters à Greenwich, de Notting Hill à Piccadilly, c'était la planète entière qui vivait là, sous mes yeux éblouis de Français un peu conformiste, un peu enfant sage, pour qui porter pantalon de velours et foulard au cou semblait le comble de la rébellion. Quant à la musique contemporaine, je m'étais arrêté aux Beatles, à Christophe et aux Stones, et ne cherchais pas plus loin.

Deux jours de balades ininterrompues firent naître en moi une symphonie dont j'étais sûr qu'elle éblouirait le metteur en scène de la pièce, ravi.

Force est de reconnaître que, ma rencontre avec Liv mise à part, cette nouvelle adaptation du classique de Wilde n'aura pas tenu ses promesses.

– TÉO, ACTIVE, TU VAS ÊTRE EN RETARD !

Un grognement, des pas lourds dans l'escalier et Téo apparaît dans la cuisine, hirsute, voûté comme s'il portait le poids du monde sur ses épaules, avec sur le dos le tee-shirt de la veille et de l'avant-veille.

J'ouvre la bouche, la referme. Pas la peine de commenter. Le gosse s'en moque.

Ce tee-shirt, fabriqué au Bangladesh, 100 % coton, lavage conseillé en machine à 40 °C, a été porté trois jours et trois nuits de suite. Selon les recommandations de l'ANSES, Agence nationale de sécurité sanitaire de l'alimentation, de l'environnement et du travail, il conviendrait…

Je réprime un sourire, qui s'efface irrémédiablement quand Téo file une claque à Laïvely, lui coupant le sifflet. Et que Bab' lance sur un ton mi-figue, mi-raisin :

– Et depuis quand elle a des yeux, cette chose ?

C'est vrai. Depuis quand Laïvely peut-elle nous voir ? D'ailleurs, nous voit-elle ? Ou a-t-elle senti l'odeur que dégage Téo, désormais installé devant ses céréales et son café au lait commerce équitable ? Parce que, oui, il pue. Dès qu'il soulève sa tasse pour la porter à ses lèvres, tout en baissant le cou pour éviter un geste d'une trop grande amplitude qui nuirait au développement de sa scoliose, un fumet aigre-doux flotte jusqu'à mes narines. Mais Laïvely n'a aucune raison d'être dotée d'odorat. Ce n'est pas ce que j'ai cherché à retrouver quand je l'ai créée.

Je plisse le nez et évite de répondre à Bab', qui est déjà passée à autre chose. Elle prépare son repas de midi, qu'elle emporte à la piscine. Il y a encore quelques mois, alors que Téo et elle venaient juste d'emménager, elle rentrait déjeuner avec moi. Elle avait le temps. Puis, petit à petit, elle a commencé à prendre cette habitude, avec toujours une bonne excuse : une pause réduite pour cause de congé maladie d'une collègue, une leçon particulière qui s'est ajoutée à son planning, la nécessité d'une course. Sans que j'en prenne vraiment conscience, nos déjeuners à deux sont devenus l'exception. Aujourd'hui, elle ne revient à la maison qu'une fois sa journée achevée. Et pour ma part, je n'offre pas de la rejoindre pour un pique-nique aux Buttes-Chaumont, ou dans une brasserie du quartier, afin de passer un moment en amoureux. Je n'en ai ni l'envie ni le courage. Je laisse faire.

Lisa est déjà partie au collège. Je finis mon café pensivement. Deux petites notes m'obsèdent depuis quelques jours, sans que je n'arrive à en extraire une mélodie. Peut-être que si j'allais me promener ? Non, je serai mieux dans mon studio, avec mes instruments. Et puis, la météo est changeante. Il risque de pleuvoir. Je n'ai pas envie d'être trempé.

Téo a fini, laisse tout en plan sur la table, son emplacement constellé de taches diverses et variées. Avant que je ne puisse émettre la moindre critique, sa mère a déjà empilé la vaisselle sale dans l'évier, donné un coup d'éponge sur la table et rangé le lait dans le frigo.

Je soupire. Son geste est-il vraiment un automatisme, ou bien une tactique pour éviter une énième discussion au sujet des enfants ? Laïvely clignote doucement. Comme un clin d'œil. Que je lui renvoie, après m'être assuré que Bab' me tourne bien le dos. Pas besoin de déclencher en plus une crise de jalousie dont une espèce de tube bourré d'électronique ne mérite pas d'être l'objet.

– À ce soir, Stan. Bonne journée.

Bab' se penche, m'embrasse du bout des lèvres et s'en va, sans un regard en arrière.

La porte claque derrière elle et Téo, qui n'a toujours pas prononcé un mot.

Laïvely s'illumine. C'est comme un sourire sur un visage aimé.

Je quitte la cuisine à mon tour, heureux et embarrassé à la fois.

LONDRES, VINGT ANS PLUS TÔT

– Un verre, ça te tente ?

Voilà plus de dix jours que j'ai vu Liv pour la première fois. Depuis, on me l'a officiellement présentée, j'ai découvert son visage ouvert, animé, ses yeux verts, sa peau lisse, sa fossette à la joue droite et le grain de beauté sous son œil gauche. Son sourire m'est devenu familier, tout comme le timbre de sa voix et son accent adorable quand elle essaie de me parler en français, sa voix tombant d'une octave, ses lèvres butant sur les *u*, imprononçables outre-Manche.

J'ai déjeuné à plusieurs reprises avec elle et quelques membres de la troupe, dont tous s'accordent à dire que le metteur en scène est un con, sans aucun talent. Et qu'imaginer que Dorian, en tournant le portrait, se découvre sous les traits d'une femme, c'est aussi ridicule que… sexiste ? malvenu ? déplacé ? Max Canut a beau affirmer qu'il s'agit là, au contraire, d'un symbole fort, nous craignons que le public, comme la critique, ne passe complètement à côté. Pour Max, Dorian (et donc Oscar Wilde) est profondément effrayé par sa part de féminité, par son homosexualité (latente et rien d'autre que le fruit de l'imagination de Max, en ce qui concerne le premier, et totalement assumée pour le second, mais bon). Je ne suis pas psy, mais je n'ai pu m'empêcher de me demander si ce n'était pas sur ses propres préférences sexuelles que Max s'interrogeait, bien que la Grande-Bretagne ait quand même beaucoup progressé à ce sujet depuis Wilde. Le metteur en scène trouvait donc normal que le tableau, quand Dorian l'affronte, lui renvoie cette vision du féminin, sous ses traits grossièrement travestis. Max était capable de nous parler pendant des heures de Dorian en drag-queen, il pensait que son idée était géniale, merveilleuse, fantastique. Mais que pouvait-il y avoir de plus fantastique que cet homme abonné à toutes les turpitudes et dont le visage gardait le charme et la beauté de la jeunesse, alors que ce tableau, ce terrible portrait de lui, affichait jour après jour les marques de ses faiblesses, de ses renoncements, de ses vices, de ses crimes ?

Nous étions donc plutôt dubitatifs, moi, surtout, car Max aurait aimé, à cet instant supposé marquer l'acmé du récit, que ma musique soit un mélange de punk, de chants grégoriens et d'hymnes de l'Armée rouge. J'avais du mal à me représenter ce qu'il espérait entendre en mêlant tout ça. Lui, en revanche, avait une idée très claire du son qui en sortirait. Malheureusement, je m'étais révélé incapable, les jours précédents, de lui fournir ce qu'il attendait avec une telle impatience.

Laila, l'habilleuse, une petite quarantaine bien assumée et un franc-parler jamais démenti, a cherché à me rassurer ce midi-là encore, alors que nous étions tous installés sur une pelouse jaunie par la chaleur, à déguster nos sandwichs et nos salades du McDo le plus proche.

– T'en fais pas. Max est comme ça, ce n'est pas la première fois que je bosse avec lui. La dernière fois, il a présenté à un festival assez confidentiel en Cornouailles une adaptation de la vie de Shakespeare, transplantée dans un décor et un univers à la Orwell. C'était super bizarre et confus, et la musique ? ouh là là ! a-t-elle commenté en agitant frénétiquement une main armée d'une frite grasse, dont le ketchup est allé maculer son tee-shirt comme autant de gouttelettes de sang.

Je n'ai pas réussi à en tirer plus sur le sujet. La musique, donc, Max l'entendait, mais ne trouvait jamais personne pour la transcrire. Jamais.

Car Laila a aussi fini par avouer que j'étais le troisième à qui il faisait appel pour cette pièce-là. Ce qui ne m'a pas rassuré quant à mon avenir londonien de jeune compositeur prodige français.

Et m'a poussé à inviter Liv.

– Un verre, ça te tente ?

Ça n'a l'air de rien, de proposer à une fille d'aller boire un verre, quand on a vingt-cinq ans. Et pourtant…

Certes, j'avais déjà connu des corps féminins. À Paris, dans les bars, dans les soirées, les jeunes femmes trouvaient un charme fou à mon côté artiste (maudit, car fauché) et se refusaient rarement à moi. On discutait un moment, mon vieux pantalon de velours côtelé leur paraissait soudain le comble du chic, du romantisme. Elles étaient encore plus surprises par ma sobriété (un artiste maudit et fauché se doit d'être en plus un ivrogne ou un drogué), puis finissaient par en conclure que je devais sûrement déjà souffrir d'un ulcère ou d'une cirrhose quelconque, et qu'un verre me tuerait définitivement. L'abstinence n'était pas un choix délibéré de ma part, car qui se priverait volontairement de quoi que ce soit à cet âge-là ? Rassurées par cette image qu'elles s'étaient construite de moi, elles m'acceptaient entre leurs draps, entre leurs cuisses.

Mais souvent, le jour n'était pas levé que j'avais déjà fui. Je supportais mal l'intimité des lendemains de corps-à-corps, ou des corps du lendemain. Je n'appréciais pas la gêne du café pris en commun, la question non formulée de savoir si cette première nuit serait suivie d'une autre. J'avais seulement envie de rentrer chez moi, de prendre une longue douche chaude, de me raser et de me mettre au travail.

D'ailleurs, ces interludes avaient sur moi un effet négatif que je ne me suis jamais expliqué. Loin de m'inspirer, ils me coupaient au contraire de toute capacité à créer. Je passais donc la journée face à mon piano, de plus en plus déprimé au fil des heures, seulement capable d'interpréter de vieux standards de jazz ou du Debussy (pourquoi lui et pas un autre ? Le mystère reste entier), comme vidé de toute substance.

À l'évidence, après quelques expériences de cet acabit, il m'était vite devenu vital de réduire au minimum mes ébats avec les filles rencontrées dans les bars ou les boîtes de jazz de Saint-Germain-des-Prés et des Halles. Et de reconnaître que je paraissais incapable de tomber amoureux. L'acte sexuel tuait en moi toute musique, alors que j'étais convaincu que l'amour ne ferait que décupler mon talent. On est comme ça, quand on est jeune. Empli de certitudes, d'explications rationnelles de choses qui ne le sont absolument pas, en quête de réponses qu'on croit originales et qui ne sont que stéréotypées.

Je n'y échappais pas.

Mais Liv, c'était autre chose.

Pour commencer, elle n'avait semblé à aucun moment attirée ou séduite par ce qui faisait mon succès (relatif) à Londres : mon accent français, ma démarche décontractée, mon foulard en soie autour du cou. Au contraire. Lorsque nous avions été présentés, elle m'avait rapidement évalué, ses yeux passant de ma mèche rebelle à mes chaussures en daim avant de croiser de nouveau mon regard. Un petit sourire (que j'avais interprété comme moqueur) avait étiré la commissure de ses lèvres. Elle m'avait tendu une main toute fine, toute gracieuse et douce, et murmuré un « *Nice to meet you* » des plus formels, avant de tourner les talons, sa jupe virevoltant sur ses cuisses, et de s'éloigner vers les coulisses.

Je n'ai su que plus tard, bien plus tard, qu'elle avait compris, au premier regard, que j'avais le pouvoir de lui offrir un bonheur comme elle n'en avait jamais vécu, mais aussi de la faire souffrir, éternel revers de la médaille amoureuse. Et elle refusait de connaître les deux, le prix de la félicité étant trop élevé pour son porte-monnaie émotionnel. À vingt-deux ans, elle avait déjà eu le cœur brisé une fois, pas question que cela recommence. Jamais. Elle préférait donc passer son tour, ignorer le plus bel amour du monde, se contenter de chips au vinaigre en célibataire le vendredi soir, vivre peut-être un jour lointain avec un homme qu'elle aimerait bien, ce qui serait amplement suffisant. Finis, les envolées lyriques, les messages d'amour chuchotés aux petites heures du jour sur les quais de la Tamise, les week-ends à Brighton, les vacances dans les Highlands, les scones à l'heure du thé à St Andrews. Terminées, les promesses de « toujours » et « à jamais ». Elle ne tomberait plus dans ce piège-là, elle avait déjà donné, merci bien.

– Un verre, ça te tente ?

– Oui, a-t-elle répondu avec un sourire.

Et mon cœur s'est décroché dans ma poitrine. Son « oui » avait la pureté d'un chant de rossignol, la grâce du ressac l'été à La Baule, la légèreté du vent dans les pins parasols corses. Il était rose poudré, avec une touche de rouge framboise en son cœur. Il sentait le seringa.

J'ai rougi, bafouillé, lui ai donné rendez-vous à la sortie du théâtre le soir même, et me suis enfui.

ENFERMÉ DANS MON STUDIO DU TERRIER, JE FREDONNE CES DEUX NOTES QUI NE ME QUITTENT PAS. Mais, probablement pour la première fois de ma vie, aucune couleur ne s'y associe. Ce qui est plus que perturbant.

J'ai toujours vécu avec de drôles d'alliages. Les goûts, les sons, les couleurs forment en moi un amalgame que seule la musique régule. Elle parvient à les mêler, à les additionner, à les associer, à les séparer aussi pour leur donner une cohérence qui, sans cela, manquerait cruellement à l'ensemble.

J'ai longtemps cru que ce phénomène n'avait rien de particulier, qu'il en allait de même pour tous. Quand ma mère m'a fait découvrir *La Traviata*, qui reste à ce jour mon opéra préféré, j'ai distingué des arcs-en-ciel pastel, des orages orange et violets, un goût de fraises fraîches et de gratin de chou-fleur, selon les scènes, les actes, les chants. Elle a ri quand je lui ai raconté au fil de la musique mes « visions », comme elle les appelait. C'est vite devenu un jeu, repris en famille le dimanche lorsque mes grands-parents se joignaient à nous.

J'ai grandi dans le Limousin, dans une ferme immense à mes yeux d'enfant, entre les vaches et les chiens, le vert des pâturages et les formes plus sombres des bosquets. J'étais le troisième d'une fratrie de cinq. On était libres, la plupart du temps, de s'occuper comme cela nous chantait, et on ne s'en privait pas.

L'école scandait notre quotidien, tout comme les bagarres entre frères. La radio était réglée sur RMC, crachotait toute la journée, balancée au rythme des pas de mon père qui ne s'en séparait jamais. La cuisine sentait la tarte aux pommes, à la rhubarbe, le chien mouillé, la blanquette, selon les jours et les saisons. Le monde, pour moi, s'arrêtait aux frontières du département, mais le départ de mon frère, de six ans mon aîné, avait marqué le glas de cette croyance. Certes, j'avais déjà effectué quelques séjours à Paris, Poitiers ou Limoges, sans que pour autant s'altère ma foi en la pérennité de la ferme, en l'absurde conviction que le reste n'était qu'un décor fragile susceptible de changer à tout instant. La vie s'est chargée de me prouver que je n'avais pas tort, mais que mon présupposé de base était faux. C'était la ferme de mon enfance qui pouvait être rayée de l'existence comme si elle n'avait jamais existé, les villes, elles, se moquant bien du passage du temps.

Vincent, donc, avait rejoint Bordeaux pour des études de droit, après son bac.

Ma sœur Yvonne, qui portait avec douleur le prénom de notre grand-mère paternelle, avait suivi. Mon tour viendrait, je n'étais pas pressé.

J'écoutais le bruit de l'eau du ruisseau, pouvais passer des heures fasciné par celui des gouttes de pluie sur les feuilles du pommier devant la grange. Je me concentrais sur le souffle de Dagobert, un grand danois sourd et aveugle que j'avais toujours connu chez nous. Avec l'âge, il avait développé une forme d'asthme, et sa respiration tumultueuse, hachée, m'évoquait les teintes marron crème des glaces à la vanille parfumées au rhum.

J'étais un élève studieux, aux résultats corrects, à défaut d'être brillant, car trop facilement distrait par un son, une lueur, un grincement de chaise. Je dessinais des formes étranges en marge de mes cahiers, et passais plus de temps à les colorier qu'à faire mes exercices qui, peu à peu, disparaissaient sous le vert, le rouge et le jaune de mes crayons de couleur.

Il traînait dans notre salon un vieux piano désaccordé, ses viscères grignotés par des souris gourmandes. C'est sur lui que j'ai plaqué mes premiers accords. Et grâce à lui que je me suis retrouvé à Londres et dans les bras de Liv, des années plus tard.

Je ferme les yeux, les deux notes bourdonnent en moi. Le temps s'étire, s'étiole, s'étale comme une fine pâte à crêpes un jour de Chandeleur. Le goût m'en vient à la bouche, l'odeur aux narines.

Recette de la pâte à crêpes, chantonne soudain Laïvely.

Je sursaute, brusquement tiré de ma rêverie. Elle dévide la liste des ingrédients, suggère des accompagnements, je l'écoute attentivement.

Aurais-je parlé à voix haute pour qu'elle réagisse ainsi ? Je ne m'en suis pas rendu compte, mais cela m'arrive parfois. Pas plus tard que la semaine dernière, cela m'a pris au supermarché. J'étais persuadé d'avoir gardé pour moi-même la question ô combien vitale de savoir où se trouvaient les serviettes hygiéniques rajoutées au dernier moment sur la liste des courses par Babette, quand une jeune femme, un sourire amusé aux lèvres, m'avait indiqué la bonne allée. Où je m'étais engouffré rouge pivoine en marmonnant des remerciements inaudibles.

Laïvely s'est tue, plongée dans un silence empli d'expectative. Je le sais, non pas parce que je lui attribue des caractéristiques humaines (seule sa voix l'est), mais parce que son voyant vert clignote doucement.

– Merci.

Elle pousse un léger soupir.

De rien.

La lumière verte s'éteint. Je frissonne.

Je n'ai plus envie de crêpes. Ni de rien, d'ailleurs.

Babette a peut-être raison. Le Terrier finira bien par m'avaler.

Le soir est arrivé. Je n'ai pas quitté la maison de la journée, et il est maintenant trop tard pour ça.

Laïvely, que j'ai fini par descendre sur la console de l'entrée, cherchant à me persuader que, sans elle dans la pièce, j'arriverais à me concentrer, salue gaiement Lisa à son retour. Pour ma part, je ne bouge pas de mon tabouret de piano, auquel je suis arrimé depuis des heures. Mon studio est plongé dans le noir, l'obscurité ayant peu à peu rongé couleurs et blanc des murs.

Lisa, en chemin pour sa chambre au second, s'arrête devant ma porte sans frapper. Elle a appris dès son plus jeune âge à ne pas me déranger. Une porte fermée signifie que je ne souhaite pas de compagnie, que je compose. Je ne prends pas la peine de la détromper à ce sujet. Autant qu'elle croie encore un peu que subsiste une norme immuable, résistant à tous les bouleversements de notre vie. Si elle savait, la pauvre, que depuis des mois je n'ai pas posé une seule note sur le papier… Je l'entends soupirer, il me semble même sentir le souffle de l'air quand elle esquisse le geste de pousser la poignée, puis plus rien. Une seconde plus tard me parvient le bruit de ses pas légers, presque fantomatiques, sur les marches, puis le grincement d'une autre porte, celle de sa chambre. Le silence revient, plus opaque, plus étouffant encore.

Léo et Babette rentrent un peu plus tard, ensemble. Le ton de Laïvely est plus sec quand elle leur souhaite le bonsoir. L'image de noisettes me traverse l'esprit. Alors que, pour Lisa, on était plus sur des abricots bien mûrs, juteux.

Je soupire. Il me faudra quitter mon antre, ma compagne n'ayant pas la patience de Lisa pour l'artiste que je suis… que j'étais.

Dans la cuisine, Bab' s'affaire à préparer le dîner. C'est comme si la journée n'avait pas eu lieu, comme si toutes ces heures avaient été effacées d'un coup d'éponge humide. Elle est devant l'évier, me tourne le dos, dans la même position qu'elle a adoptée ce matin au petit déjeuner. Téo, pas plus bavard, est installé à table et grignote des chips. Lisa est sûrement enfermée dans sa chambre.

J'embrasse Babette dans le cou. Mes lèvres me semblent froides, bien trop froides pour un baiser tendre. Elle frissonne d'ailleurs, et je remarque que les poils fins de sa nuque se dressent. L'expression « le baiser de la mort » me traverse l'esprit. Mais il n'existe rien de tel. La mort vous balance son poing dans la gueule, elle ne pose pas sa bouche sur la vôtre pour une dernière étreinte tendre. Il n'y a que sous la plume de J. K. Rowling que les Détraqueurs sucent votre âme, s'en nourrissent, leur baiser signant votre fin. Dans la vie, la mort est bien moins fine, bien moins élégante que cela. Elle vous passe à tabac, vous fracasse, vous brise les os, vous étouffe en posant son gros cul sur votre visage. Elle est vulgaire, toujours.

– Salut, tu as passé une bonne journée ?

Quoi de mieux que la banalité pour reprendre pied dans la réalité ? Je n'ai pas envie de passer encore une soirée coupé des autres, comme prisonnier d'un film plastique invisible qui m'empêche de les comprendre, de les toucher. Et me donne la sensation d'entendre leurs paroles en décalé, d'être toujours légèrement à côté de la plaque. Il faut que je revienne dans le monde des vivants, j'ai déjà réussi auparavant, non ? Ou tout du moins, je le croyais.

– Oui, ça va. Et toi ? me répond Babette sans même se retourner.

Je n'ai jamais connu de femme qui lave les carottes avec autant de zèle qu'elle. Le spectacle est fascinant. Et semble durer des heures, comme un long travelling au ralenti. L'eau ruisselle sur ses mains à la peau sèche. Elle a les doigts courts, un peu masculins. Les ongles coupés à ras, nets. Les carottes, elle les tient deux par deux. Qu'importe leur longueur. Elle les avance et les recule sous le jet, sur un rythme à deux temps immuable. Je pourrais presque battre la mesure, en faire une chansonnette facile. Des gouttelettes éclaboussent le plan de travail, le tee-shirt de Babette. Elle s'en fiche. Repose les deux carottes, en attrape deux autres, recommence. Ce n'est qu'ensuite, penchée au-dessus de la poubelle, qu'elle jouera de l'Économe. Le geste alerte, vif, assuré. Elle ne passe qu'une fois au même endroit, jamais deux. Le résultat est parfait, toujours.

Puis elle les posera sur une assiette, sortira du placard l'appareil permettant de les râper, le réglera sur la coupe la plus fine, tranchera les légumes en trois parties égales, les mettra dans la machine et l'allumera. Le bruit sera assourdissant durant deux minutes cinquante-deux, j'ai déjà chronométré.

Le compte à rebours est lancé si je veux sortir de là avant le bruit. Je lui caresse le bras avant de m'éclipser en marmonnant un « Je vais voir ce que fait Lisa ».

Toute à sa tâche, elle ne m'a pas entendu.

Je grimpe en silence, la douceur du bois de la rambarde pénètre la paume de ma main. La rampe est lissée par le passage du temps, patinée par tous ces doigts qui l'ont caressée incessamment. Comme tout le reste du Terrier, elle raconte une histoire, mais, maligne, elle est capable de garder ses secrets.

Je suis arrivé sur le palier du second quand le grondement de la râpe se répercute entre les murs de la maison, roulement d'une vague dévastatrice prête à tout détruire sur son chemin.

La chambre de Lisa est la première à droite. Aucun bruit ne s'en échappe, ni même un rai de lumière sous sa porte. J'hésite. Ma fille aime le silence, l'obscurité. Il n'en a pas toujours été ainsi, évidemment. Parfois, j'ai peur qu'elle ne s'efface petit à petit, discrètement, et de ne le remarquer que trop tard.

Je m'apprête à frapper, retiens mon souffle.

Mon bras retombe le long de mon corps.

Je me persuade qu'il vaut mieux la laisser tranquille, alors que, tout simplement, je ne sais plus comment m'adresser à elle.

Je redescends d'un étage. De ma chambre, au bout du couloir, me parvient un murmure. Je tends l'oreille, m'approche à pas de loup. La musique se fait plus distincte.

Doris Day.

Que sera sera,
Whatever will be, will be...

La chanson préférée de Liv.

Je ferme les yeux. Le son monte. Les souvenirs me submergent. Et je me laisse glisser le long du mur du couloir, les larmes aux yeux. Des larmes d'une forme parfaite, qui tomberaient sur l'eau en provoquant le bruit cristallin de clochettes.

LONDRES, VINGT ANS PLUS TÔT

Il y avait eu ce premier verre, dont je ne garde qu'un souvenir vague et confus. Un pub, des rires, du bruit, des cris, de la bière. Et la femme-clochette face à moi. Il y avait eu un dîner, un autre. Une première nuit, maladroite, sans plaisir, nos gestes timides et le désir réfréné, comme cela n'arrive jamais que dans les grandes histoires d'amour. Après, j'étais resté longtemps étendu sur le dos, le souffle court, un goût de papaye sur la langue. Liv faisait semblant de dormir à mon côté, en boule, me tournant le dos. Sa respiration égale ne pouvait me mentir, mon oreille a toujours su discerner les plus infimes variations d'un souffle, ce que je dois autant à ma nombreuse fratrie qu'à ce pauvre Dagobert et à son asthme.

Il y avait eu un café le lendemain de cette nuit sans sommeil, partagé la rougeur aux joues et un éclat étrange dans le regard. Comme si Liv aussi savait. Qu'il y aurait un avant et un après, mais qu'il était encore temps, pour quelques minutes seulement, de faire semblant de croire que rien n'avait changé.

Nous étions partis ensemble pour une nouvelle répétition au théâtre, distants de quelques dizaines de centimètres sur le trottoir bondé, prenant soin de ne pas nous effleurer. Et puis, une fois sur place, elle s'était précipitée dans les loges sur un rapide adieu du bout de ses doigts agités dans l'air et j'avais rejoint le piano.

Pour y jouer comme jamais après une nuit de sexe. Je m'étais laissé emporter, tapant les touches, vivement puis en douceur, les caressant, les suppliant, les charmant. Elles avaient résisté un moment avant de se soumettre, de me rejoindre et de m'accorder ce que j'attendais d'elles.

Je ne sais pas combien de temps cela a duré. Mais quand j'ai enfin relevé la tête, des œillets pourpres plein les yeux, le silence sur scène était total, techniciens et acteurs figés, comme victimes d'un sort. Le premier à s'extraire de cette torpeur fut le metteur en scène. Max s'ébroua, semblant sortir du songe, pour s'écrier :

– Mais enfin, Stan ! Ce n'est pas du tout ça, vraiment pas du tout ! Dorian NE peut PAS tomber amoureux de cette représentation féminine de lui-même ! Tu dénatures complètement mon propos !

Et il avait quitté la salle en tapant des pieds et en grommelant des imprécations contre tous ces soi-disant musiciens, pour qui se prenaient-ils, incapables de comprendre les indications les plus détaillées, s'imaginant être des Mozart en puissance alors que même dans le métro personne ne perdrait plus d'une seconde à écouter cette cacophonie sans queue ni tête qu'ils s'entêtaient à produire.

Mon regard a trouvé celui de Liv. Elle souriait. Elle était une salade de fruits frais au printemps, parsemée de fins copeaux de menthe.

Nous nous aimions.

Le lendemain, sans surprise, Max me signifiait mon congé.

Je m'installai dans la petite chambre de Liv. Elle partageait une maison étroite et biscornue avec deux autres jeunes filles dont je n'ai jamais cherché à retenir le prénom, et qui, comme elle, travaillaient dans le milieu du théâtre.

J'ai passé les premiers jours de notre cohabitation les yeux rivés au plafond, à y deviner des formes et des couleurs étranges, à laisser la musique de notre amour prendre possession de moi. Je l'attendais là comme un chien fidèle et ne reprenais vie qu'à son retour.

Nous partions alors marcher dans la ville accablée de chaleur et de pollution. Nous nous tenions maintenant par la main, nous parlions, nous embrassions, nous taisions, au gré des promenades et selon notre humeur, toujours accordée.

J'ai fini après un moment par faire le tour des pubs et proposer mes services pour jouer le soir. J'étais devenu un saltimbanque, payé au chapeau, je ne m'inquiétais plus des lendemains, je vivais au jour le jour et cela m'occupait déjà à plein temps, requérait toute mon énergie et ma concentration pour qu'aucune seconde de ces moments-là ne m'échappe, ne s'échappe, pour que je les savoure toutes avec la même délectation.

J'apprenais le corps de Liv dans l'amour comme dans les gestes les plus banals du quotidien. Sa main, lorsqu'elle la portait à ses cheveux pour repousser une mèche rebelle (et elles étaient nombreuses !), dessinait un arc parfait, la moitié d'un cercle qui ressemblait à une lune aussi lumineuse qu'un soleil. Son ventre qui frémissait sous une caresse précise. L'ourlet de son oreille. La cicatrice à sa cheville, due à une pédale de vélo récalcitrante.

J'apprenais son passé, sa famille, les saveurs des *roast potatoes* du dimanche, celles des repas de Noël entamés après le discours de la reine et de nombreux Buck's Fizz. Je découvrais la couleur de son uniforme de lycéenne, avec sa cravate qu'elle prenait soin de détacher, négligemment, à peine franchies les portes de l'établissement où elle étudiait. Je sentais les parfums des poudres à maquiller et des vernis à ongles avec lesquels sa petite sœur et elle passaient des heures à jouer, enfants. Je voyais les paysages à la *Chapeau melon et bottes de cuir* où elle avait passé ses vacances. Tout était exotique à mes sens, tout était source d'émerveillement.

Puis l'été avait fini par laisser place à l'automne, au brouillard, à la pluie qui vous transit insidieusement. Nos promenades s'étaient transformées en goûters improvisés sur son lit, pour échapper aux babillages de ses colocataires. La pièce de Max avait sombré tel le *Titanic* avant même sa présentation à la presse. Liv cherchait du travail dans le West End tout en offrant ses services dans les hôpitaux aux femmes que le cancer laissait hagardes, blêmes et sans sourcils.

C'est là qu'elle rencontra Ellie Zeinstein. Et notre vie prit une nouvelle direction.

– ON FAIT QUOI CE WEEK-END ? ME DEMANDE BABETTE EN S'ÉTIRANT PARESSEUSEMENT CONTRE MON FLANC.

Sa peau est douce, rose. Mes doigts pianotent sur sa hanche, retrouvent le désir des premiers jours. Je roule sur elle, l'emprisonne de mes cuisses, enserre ses poignets. Elle rit, se cambre et s'offre. Je la pénètre.

À la Cité de la musique, à quatorze heures trente, se joue…, commence Laïvely, d'un ton grincheux, sans aucun doute.

Babette semble ne pas entendre, elle a cette capacité dans l'amour à se fermer entièrement à ce qui n'est pas les vibrations de son corps occupé à la recherche du plaisir. Le souffle court, elle a fermé les yeux, et parfois, je me demande dans quels rêves elle se réfugie pour trouver l'orgasme.

J'accélère le rythme, souhaitant la combler, mordille son sein droit.

Un gémissement lui échappe, couvrant la logorrhée de Laïvely qui parle de plus en plus vite, comme pour noyer les sons bicolores qui montent de la gorge de Babette.

Je ferme les yeux à mon tour, me laisse porter par la musique qu'à elles deux, rivales, elles créent. C'est *Aïda*, c'est violent, c'est Jean-Michel Jarre face à une marée humaine, c'est la voix rauque de Marilyn Monroe quand elle aime, c'est...

Babette pousse un dernier cri. Je jouis à mon tour.

Elle me serre contre elle, je vois du jaune poussin et du vert fluorescent, bordés de noir et de gris charbon. Puis tout se mêle et il ne reste que la couleur de la mer du Nord un jour pluvieux, cette teinte qui hésite entre celle d'un trottoir mouillé et celle d'un drap autrefois blanc et devenu grisâtre au fil des lavages.

– Oh, Stan...

Laïvely s'est tue. Mais elle nous écoute. Je le sais.

Elle est chouette, Babette. Si Liv était une symphonie complexe, complexité renforcée par le fait que nous ne partagions pas la même langue maternelle et que nous devions être plus vigilants à tout ce qu'une expression du visage, un corps racontent, Babette est une ritournelle légère des années 1960. Elle rit haut, d'un rire grave qui occupe tout l'espace. Elle aime ses courbes, ses rondeurs, ses cheveux frisés jusqu'à en être crépus, impossibles à coiffer. Elle aime ses claquettes de maître-nageuse, la moiteur de l'air de la piscine, presque tropicale, et la gifle sèche du vent quand elle sort de cette ambiance confinée. Elle aime la confiture de fraises et les tartelettes à la crème de marrons, qu'elle réussit à la perfection. Les gâteaux secs la laissent de marbre, tout comme les thés aux saveurs ombrés. Elle leur préfère les infusions au sureau, à l'orange, à tout ce qui rappelle le sucre. Elle ne connaît rien à la musique, au-delà de Britney Spears (pré-années pétage de plombs), et pour elle, *Toxic* est la quintessence de la perfection musicale. Elle peut mettre la chanson en boucle en repassant, ou regarder le clip dix fois d'affilée, fascinée par le jeu de lumières sur la tenue de la chanteuse qu'on n'a aucun mal à imaginer nue. Elle ne lit que des best-sellers une fois publiés en poche. Préfère Lévy à Musso, Mary Higgins Clark à Camilla Läckberg, Virginie Grimaldi à Aurélie Valognes, a adoré *Cinquante nuances de Grey* (films inclus) et méprise ouvertement tous les classiques des siècles derniers, avec une aversion particulière pour Shakespeare, qui lui a valu un quatre à l'oral de français.

Elle est simple, Babette, d'apparence. Elle ne parle pas du passé, et encore moins du père de Téo, disparu peu après la naissance de l'enfant pour ne jamais revenir. Elle s'est battue, Babette, mais ne supporte pas tous ces discours prémâchés sur les conditions de vie des femmes célibataires, leurs difficultés, la dureté de leur existence. Elle en rit, s'en détache d'un mouvement d'épaules avant que son visage ne s'illumine au souvenir d'une bêtise de son bébé.

Elle est positive, Babette. Elle ne se complaît pas dans la déprime et l'obscurité. Elle préfère la lumière des jours d'été, les tournesols et les jonquilles.

Et c'est tout cela qui m'a attiré chez elle. Sa capacité à vivre dans l'instant, à ne pas se bercer de nostalgies dévastatrices pour l'âme et le présent, son sourire et l'éclat dans ses yeux bleu nuit quand elle utilise l'ironie plutôt que les larmes pour se sortir d'une situation délicate.

Elle a réussi, je ne sais comment, à petites touches, à m'insuffler suffisamment de désir de vivre pour que je reprenne forme humaine.

Si aujourd'hui les choses se compliquent, je n'en oublie pas pour autant tout ce qui nous rapproche et nous lie, au-delà du quotidien au Terrier. Et parfois, quand il fait trop sombre, je repense en souriant à ce jour d'été où elle m'avait emmené faire du vélo à Versailles. Nous avions sillonné le parc, avant de nous laisser choir à l'ombre d'un arbre immense, un saule pleureur qui en avait sûrement vu d'autres. Nous y avions pique-niqué, avant de nous assoupir l'un contre l'autre, chastement, dans la torpeur de l'été. C'est un carlin mal élevé qui nous avait réveillés, alternant filets de bave et léchouilles sous les cris horrifiés de sa maîtresse, une Versaillaise pure souche, qui donnait l'impression que le parc lui appartenait. On avait fini la journée en dégustant une glace horriblement chère et tout aussi chimique. On avait ri, dans le RER qui nous ramenait à Paris, des traces rouges que la fraise avait laissées sur la langue de Babette, et du vert de la mienne, dorénavant parfumée à la menthe.

Babette et moi, on s'est rencontrés à la piscine, évidemment. Un soir de novembre. J'étais le dernier. J'additionnais les longueurs pour noyer le reste. Je n'étais concentré que sur la musique que composaient mes mains en pénétrant l'eau du bassin, à chaque mouvement de crawl, sur un rythme immuable. Son coup de sifflet strident m'a sorti de cette torpeur hypnotique où je m'étais laissé entraîner. Elle a ri quand je me suis arrêté à ses pieds, l'air effaré.

– Monsieur, on va fermer…

Sa voix me rappelait les guimauves un peu dures de mon enfance, que je dégustais aux fêtes foraines. Elle en avait la consistance et le goût. Et c'était la première fois depuis longtemps que des couleurs, même pâles, m'apparaissaient au son d'une voix.

Je l'ai retrouvée par hasard devant le portail de la piscine, nous étions les derniers. Elle partait vers le métro, je l'ai accompagnée, uniquement pour profiter quelques instants encore du souvenir si doux de ces guimauves.

Maintenant, nous vivons ensemble. Ou en tout cas, nous essayons. Et si le succès n'est pas au rendez-vous, j'en suis le seul coupable.

Ce dimanche, j'ai décidé au matin de ne pas me rendre dans mon studio une seule fois de la journée. Il est onze heures, et pour le moment, je tiens ma promesse. Babette me demande depuis des semaines de faire quelque chose pour la porte du garage qui grince horriblement et se coince à mi-parcours. Je m'y suis attaqué, tandis qu'elle aide Téo à faire ses devoirs. Dans la mesure où ce dernier n'a aucune appétence pour l'école (ni pour quoi que ce soit d'autre), je préfère rester éloigné de sa chambre. Comment Lisa supporte-t-elle les éclats de voix qui s'en échappent ? Là, celle de Babette n'a plus rien de doux ni de sucré. On dirait plutôt une orange amère saupoudrée de piment de Cayenne moulu. J'en frémis. Quant à celle de Téo, ce sont des cymbales qui frappent à contretemps du reste de l'orchestre. Insupportable.

J'ai emmené Laïvely. Elle diffuse *Après la pluie*, de Satie. Comme toujours, le choix est judicieux. La perfection des notes de piano, la simplicité de la composition en font, à mes oreilles, une pièce d'une beauté difficile à égaler.

Le garage nous sert de débarras. Il y reste même des caisses rapportées de Londres et jamais ouvertes depuis. À notre retour, je n'ai pas eu le courage d'y prendre autre chose que l'essentiel. Depuis, rien de ce qui s'y trouve ne m'a suffisamment manqué pour que je m'attaque au rangement.

Je repère des cartons où sont inscrits des « Divers » du plus mauvais augure. Je sais qu'ils renferment tout un fatras de papiers sans importance, d'antiques recettes de cuisine, de pierres ramassées lors d'un périple ou d'un autre autour des lochs écossais, de vieilles feuilles de marronnier tombées en poussière, de mots d'amour collés au miroir de la salle de bains, de câbles électriques aux prises inadaptées aux normes françaises. J'y découvrirai sûrement une mèche de cheveux de Lisa bébé, ses premiers gribouillis que Liv encadrait avec respect comme s'il s'agissait d'aquarelles de Turner, un vieux chausson tricoté main par sa grand-mère, et que sais-je encore.

Je ne suis pas prêt à balancer tout ça, ni à fouiller dans ces souvenirs.

Je laisse donc la pile, m'en détourne sur un haussement d'épaules et cherche mes outils, sûrement quelque part sur ma droite, pour réparer, si je le peux, cette porte récalcitrante.

Je n'ai pas osé le dire à Babette, mais elle a toujours été comme ça. La première fois que j'ai mis le pied au Terrier, elle grinçait déjà.

Ma grand-tante venait d'acheter la maison. Sa façade n'était pas encore parée des dessins tirés d'*Alice au pays des merveilles*. C'est elle qui les a fait peindre, quelques années plus tard, car Élisabeth, sa fille unique, raffolait de cette histoire. Personnellement, je ne l'ai jamais aimée, cette histoire. Le lapin hystérique me terrorisait, le roi et la reine m'angoissaient, quant à Alice elle-même, je la trouvais inquiétante. Au fil des ans, on m'a engagé à plusieurs reprises à relire ce classique, notamment dans sa langue d'origine, mais je n'en ai eu ni le temps ni l'envie.

Mon premier séjour, donc, m'a laissé peu de souvenirs, car la maison n'avait rien d'assez original pour retenir mon attention d'enfant. Sauf le bruit lancinant de la porte du garage, que je me suis amusé à ouvrir et fermer durant une grande partie de l'après-midi, au grand dam de ma mère et de sa cousine.

Je ne sais plus vraiment pourquoi nous étions venus en visite à Paris. Probablement pour l'un de mes rendez-vous médicaux, qui ne forment qu'un amas flou dans ma mémoire.

En tout cas, lors du deuxième séjour chez tante Agathe, le lapin et Alice s'égaillaient sur la façade. Aujourd'hui, leurs couleurs ont un peu passé, mais ils tiennent encore fermement le destin du lieu entre leurs mains, pas si innocentes que ça.

Élisabeth est morte adolescente, l'année où j'entrais au collège. Je crois qu'on nous a longtemps caché ce drame, à nous les enfants, de peur de nous traumatiser. Je n'ai plus pensé à la maison pendant des années, elle m'était sortie de l'esprit, tout comme tante Agathe, que je n'avais rencontrée qu'à quelques reprises. C'est à Londres que j'ai appris son décès, et qu'elle m'avait laissé la maison. Je ne sais par quel tour de passe-passe elle a réussi à faire de moi son héritier. Mes sœurs et frères ne m'en ont pas voulu, ils avaient d'autres chats à fouetter à cette époque. L'aîné était en plein divorce. Les deux suivants construisaient leur vie ou la détricotaient, comme on s'entête tous à le faire autour de la trentaine. La plus jeune était encore chez nos parents, elle avait décidé qu'elle reprendrait la ferme un jour.

Moi, j'étais heureux, je composais, je vivais avec Liv, cela suffisait largement à combler tous les interstices de ma vie. J'ai fait un rapide aller-retour à Paris pour signer les papiers et ne m'en suis plus occupé. Je ne me suis même pas soucié de la mettre en location. Lors de la signature, j'en ai profité pour y passer en coup de vent, ai vérifié que l'eau était bien coupée, joué pendant quelques minutes avec la porte du garage, suis monté au premier, puis au second, passant dans des pièces que je ne reconnaissais pas, où je n'avais probablement jamais mis les pieds auparavant. L'ensemble sentait la poussière et la tristesse, dégageait une atmosphère lourde de deuil et de solitude. Les meubles de ma tante étaient vieillots, imposants, mangeaient la lumière et l'espace. Je n'ai emporté qu'un recueil de poèmes de Baudelaire, dans une édition belle à l'œil et agréable au toucher. Et une vieille barrette rose rococo, dont je pensais qu'elle plairait à Liv.

Et la vie a repris.

Ce n'est qu'après le drame, bien après, que je me suis souvenu de la maison. Mon frère aîné, Vincent, souhaitait que je rentre en France, où il serait plus facile de s'occuper de moi (ses termes, pas les miens). Les autres le soutenaient. Pourquoi rester à Londres ? Nous y avions vécu en autarcie, Liv et moi, repliés sur notre amour qui occupait tout notre temps, dont se nourrissait notre énergie créatrice. Il y avait Lisa, bien sûr, Lisa dont le nom était formé de lettres des nôtres. Notre soleil, notre astre, notre trait d'union incassable, indivisible.

J'ai fini par céder. Après tout, là ou ailleurs…

Vincent s'était occupé de tout : mettre l'électricité aux normes, vérifier la chaudière, donner un coup de pinceau dans les chambres, installer une cuisine plus moderne et fonctionnelle. Il avait entassé dans une chambre du second les affaires d'Agathe, celles dont il pensait que j'aurais plaisir à les garder. Le reste de la maison n'attendait que nos meubles et les débris épars de notre vie.

Il pleuvait le jour où nous sommes arrivés avec les déménageurs. Il faisait froid, même si Vincent avait pris la précaution d'allumer le chauffage la veille. Je grelottais en donnant des instructions confuses à ces malabars chancelant sous le poids de notre vie. Lisa s'était réfugiée dans la pièce aux meubles, farfouillant dans tout ce bazar pour se plonger dans un passé qui n'était pas le nôtre, et oublier un peu la masse de regrets que constituaient nos souvenirs.

Les premiers temps, nous avons vécu terrés au rez-de-chaussée. Nos chambres nous attendaient à l'étage. Les déménageurs y avaient posé nos lits, nos étagères, nos cartons de livres et de vêtements. Lisa n'avait souhaité garder aucun jouet de « chez nous ». De sa mère, elle avait conservé la fameuse barrette rapportée du Terrier avant même qu'il ne porte ce nom, et une brosse à cheveux. Sur son lit, elle n'acceptait que la couverture en patchwork que Liv tenait de son enfance. De mon côté, j'avais conservé son dernier flacon de parfum, sa trousse à maquillage et une perruque ridicule qu'elle avait achetée pour une soirée déguisée des années auparavant. Son ours en peluche aussi. Une sorte de sous-Paddington, un peu pelé par le temps et les nombreux câlins reçus. Liv m'avait avoué avoir dormi avec lui jusqu'à notre rencontre. Il savait tout d'elle, de ses amours, de ses tristesses, de ses amitiés. Il avait été son confident le plus proche et le plus fidèle.

Les chambres, donc, restaient inhabitées tandis que nous nous blottissions sur le grand canapé du salon. Nous ouvrions rarement les volets. Je continuais à boire beaucoup, et Lisa à garder le silence. L'absence de Liv n'était en rien plus facile de ce côté-ci de la Manche.

Ce ne fut pas Vincent, bien trop cartésien pour ça, mais Julie, ma plus jeune sœur, qui finit par nous sortir de notre torpeur. Elle avait renoncé à la ferme des années plus tôt, après le divorce de nos parents. Elle y était restée un moment, à voir notre père sombrer dans le désespoir et l'alcoolisme. Ces blessures-là, elle savait comment les soigner. Elle s'y était attelée avec nous.

Elle nous a apprivoisés, pas à pas. S'est immiscée en douceur dans notre quotidien. Nous obligeait, sans jamais élever la voix ni faire preuve de coercition, à nous laver, à manger aussi. Autre chose que des chips et des pizzas mal décongelées.

Elle a peu à peu réintroduit la musique dans la maison, par petites touches. En fredonnant, puis en chantonnant. Des chansons de notre enfance, du folklore français, puis des années 1940, 1950 et 1960. Lorsque sont arrivées celles des années 1970, j'ai repris les refrains avec elle, à voix basse, étouffée. Quand nous sommes passés à celles des années 1980, j'ai été capable d'investir ma chambre, et Lisa la sienne. À celles de la décennie suivante, j'ai grimpé un étage de plus, pour installer mon studio à côté de la chambre aux reliques, comme nous avions surnommé la pièce où s'entassait ce qui restait de la vie de ma tante.

Nous n'avons pas été plus loin, ce n'était pas nécessaire. Je m'étais alors remis à jouer du piano, comme un accidenté de la route redécouvre jour après jour l'utilité de ses membres à force d'entraînement et de massages. Je buvais encore, mais le soir seulement, une fois Lisa couchée, et jamais au point de ne plus savoir où j'étais quand je me réveillais le matin.

Julie s'est éclipsée le jour où j'ai été capable d'aller seul au marché. Elle est repartie aussi discrètement qu'elle était arrivée.

C'était il y a sept ans, et je ne crois pas l'avoir revue plus d'une dizaine de fois depuis. Élégance de sa part, gêne de la mienne, nous préférons tous deux faire comme si ces mois-là n'avaient jamais existé.

Depuis, elle a ouvert une fromagerie et s'occupe de ses chèvres, dans le Larzac. Elle a l'air heureuse.

Laïvely toussote, me sortant de mes pensées.

Je suis planté comme un idiot au milieu du garage, bras ballants.

– À table ! crie Babette.

Il me restera donc l'après-midi pour me charger des menus travaux dont elle attend que j'assume la responsabilité. Babette, parfois, peut se montrer très vieux jeu sur la répartition des tâches au sein du foyer.

Je referme la porte du garage qui me salue de son petit cri si particulier, et monte à l'étage.

Il sera bientôt dix-huit heures, et je n'ai pas tellement avancé.

J'ai bien mis du dégrippant sur les gonds de la porte, mais elle a l'air de s'en moquer et lance sa plainte chaque fois que je l'ouvre ou la ferme. J'ai observé de près son mécanisme, tendu l'oreille à sa musique signature, cherché à voir d'où pouvait venir le problème sans rien trouver. Lisa a suggéré qu'il s'agissait d'une sorte d'invitation à retrouver Alice et le lapin, qu'elle nous indiquait le chemin, mais qu'on était déjà trop grands pour le trouver. Laïvely a ri avec tendresse à cette idée. On est restés un bon moment, tous les trois, cachés là, à se murmurer des histoires qui font un peu peur en dévorant un paquet de fraises Tagada acidulées.

De temps à autre, Babette m'interpellait du haut des marches, histoire de savoir où j'en étais.

– Ça va être bientôt fini ! criais-je chaque fois, mes compagnes pouffant discrètement dans mon dos.

Si Babette les a entendues, elle n'a pas relevé. On ne peut pas passer tous les dimanches du monde à s'adresser des reproches, c'est lassant.

Lisa repartie, Laïvely a choisi de jouer un vieil album de Françoise Hardy. Assis sur un carton, je m'offre une cigarette, le regard perdu dans le vague. Je me sens bien, seul ici, au milieu des vestiges de mon existence. En sécurité. Je ne fume pas souvent, presque jamais, mais garde dissimulé derrière la trottinette verte de Lisa un paquet de secours, pour les moments comme celui-là, aigres-doux, sucrés-salés. Finalement, il y a pire endroit où passer une partie du week-end. Et la vie ne ressemble pas tous les jours à une bouche d'égout. Elle vous offre parfois des miettes de bonheur au goût de crumble aux coings et à la vanille. Il est bien illusoire d'en attendre plus. Seuls les fous et les sots s'y essayent.

Les deux notes qui ne me quittent plus depuis quelques jours reviennent soudain me hanter. Je soupire. Demain, peut-être, arriverai-je à en extraire un thème, un rythme, une mélodie.

J'écrase mon mégot du talon, le cache avec les autres derrière une vieille roue de vélo rouillée, referme la porte du garage qui, cette fois, semble ricaner. Je grimpe l'escalier intérieur, qui déboule dans le vestibule, et éteins la lumière une fois arrivé sur le palier.

Un bip strident me vrille alors les tympans.

En contrebas, Laïvely, rouge de colère, scintille dans l'obscurité.

Je dévale les marches, désolé de l'avoir oubliée. Je suis presque au bout de ma course quand Laïvely s'éteint brutalement, me plongeant dans le noir. Porté par mon élan, je rate la marche, ma cheville se tord, et je dégringole sans grâce jusqu'au sol, où je me reçois sur les mains, sonné.

Un rire retentit alors dans la pièce. Un rire sans tendresse, où une méchanceté à l'état brut est perceptible. Un rire teinté d'un rouge sang et du noir des ténèbres, qui sent le soufre et la viande trop grillée, où je discerne malgré tout quelques paillettes argentées. Un rire, j'en suis persuadé, qui n'appartient pas au répertoire de Liv.

LONDRES, VINGT ANS PLUS TÔT

Ellie Zeinstein était une petite femme qui ressemblait trait pour trait à l'agent de Joey, dans *Friends*. Une chevelure rousse, bouclée et en bataille, une bouche peinturlurée à la va-vite de couleurs plus éclatantes les unes que les autres et qui juraient atrocement avec ses chemisiers à fleurs, l'allure générale d'un pot à tabac, le verbe haut, le rire d'une jument heureuse, des bagues en toc énormes à tous les doigts... Même à Londres, où pourtant on en a vu d'autres, les têtes se tournaient sur son passage.

Elle avait aimé le travail de Liv à l'hôpital. Elle venait y rendre visite à l'une de ses plus vieilles amies, atteinte d'un cancer qui ne lui épargnerait rien, mais celle-ci, grâce aux doux gestes de Liv, avait retrouvé un semblant de féminité. Ellie l'avait donc appelée. Il ne lui arrivait pas souvent d'être surprise, bousculée dans ses certitudes. Or la métamorphose de son amie y était parvenue.

Ellie n'était pas agent. Elle était de ces femmes qui sont dotées de moyens, d'un carnet d'adresses, et qui peuvent s'offrir le luxe de coups de cœur, de coups de gueule, pour le simple plaisir d'illuminer leur journée d'autre chose que des reflets des glaçons dans un verre de gin. Après leur premier rendez-vous dans l'hôtel particulier qu'Ellie possédait dans une petite rue discrète de Kensington, Liv était rentrée sous le charme.

Dans sa voix ce soir-là se mêlaient des bleus outremer et des blancs cassés, des verts d'eau et des aigues-marines. Les sons tintinnabulaient en quittant sa bouche, s'envolaient dans les airs avec une légèreté de rosée du matin. J'étais subjugué par toutes ces alliances sonores et visuelles, bien incapable de suivre le cours du récit de ma compagne.

Deux jours plus tard, j'eus une idée plus précise du pouvoir d'Ellie, quand le téléphone sonna à la maison et que Liv se vit proposer un poste de maquilleuse dans l'un des plus célèbres théâtres du West End, le Lyceum, pour la comédie musicale *Le Roi Lion*. Quand elle raccrocha, elle laissa exploser sa joie, poussant des cris stridents plus dignes d'une pom-pom girl américaine un jour de Super Bowl que d'une jeune Anglaise sage. Elle sauta sur place, tourbillonna dans notre petite chambre, bondit sur le lit et finit par venir s'écraser dans mes bras, le souffle court, le visage fendu d'un sourire éclatant, les yeux pétillants de bonheur. Une place dans une comédie musicale, elle en rêvait depuis toujours. *Le Roi Lion* avait bercé son enfance. Et elle passa la soirée à siffloter (faux) *Hakuna Matata*, que j'accompagnai de mon mieux en claquant des doigts.

Ellie aurait pu choisir n'importe quel rôle. Celui de Cruella, de la méchante reine, de la belle-mère odieuse de Cendrillon. Pour nous, elle fut une bonne fée, une marraine aimante, attentionnée et douce. Elle n'avait pas d'enfants, encore moins de petits-enfants, et peut-être voyait-elle en nous les personnages qui lui faisaient défaut dans la vraie vie. Nous avions de plus l'avantage de n'apparaître que lorsque l'envie lui en prenait, et de disparaître au premier froncement de sourcils.

Éperdus de reconnaissance, nous étions de toute manière prêts à nous plier à ses moindres caprices, à devancer ses moindres désirs.

Très vite, elle fit de nous ses petits protégés, et pendant que Liv maquillait au Lyceum, je commençai à jouer chez des particuliers nantis qui trouvaient *so chic* d'avoir un jeune Français à l'allure d'un poète torturé du XIXe siècle dans leur salon à l'heure où l'on passe les petits-fours et les verres à cocktail. Que le jeune homme en question ait en plus le bon goût de ne pas se droguer, de ne jamais être ivre et d'être capable de faire la conversation les rendait béats. À la même époque, Kate Moss et Johnny Depp avaient fini de détruire leurs chambres d'hôtel, les *« ladettes »* écumaient les rues et les pubs de Londres, le rock n'était pas mort, le punk survivait, les stars s'en mettaient plein le nez. Liv et moi étions des anachronismes qui se fondaient parfaitement dans le décor somptueux et suranné de ces belles maisons nichées autour de Hyde Park, à l'élégance classique et au charme tout britannique.

Bientôt, il nous fut possible de déménager. Nous étions tombés sous le charme de Greenwich. Les bords de la Tamise, ses petites rues, le parc, Blackheath… Certes, cela nous éloignait du centre. Pour certains de ceux que nous fréquentions, il ne pouvait s'agir que d'un exil, ajoutant une touche d'exotisme supplémentaire à notre couple. Nous, nous y étions bien. Le marché couvert, ses puces, le fait de pouvoir se rendre dans le West End par la voie des eaux et le calme du quartier, tout cela nous convenait.

Nous y trouvâmes un petit deux-pièces minuscule et mal isolé, mais, comme me le fit remarquer Liv le soir d'hiver où, grelottant, nous nous pelotonnâmes pour la première fois sous les couvertures dans notre nouveau foyer, il en était ainsi de la plupart des logements londoniens.

Ellie continuait à veiller sur nous, et il était rare que nous passions plus d'une semaine sans la voir. Elle nous convoquait chez Harrods ou au Ritz, ses deux endroits de prédilection. Parfois, elle nous recevait chez elle, « sans chichis », disait-elle en français avec un accent à couper au couteau avant d'éclater de rire, tête renversée en arrière, rides du cou tressautantes, colliers perdus dans la masse de ses chairs. Face à elle, Liv et moi, serrés sur un récamier en velours orgeat, avions l'air de deux oisillons tombés du nid. Elle nous enveloppait de son parfum, de son affection, de ses lubies, nous emportant le temps d'un week-end dans sa grande propriété familiale où les moutons parsemaient les champs comme autant de pois blancs sur une robe verte, où les chevaux attendaient à l'écurie qu'on veuille bien les monter, où le personnel menait un ballet savamment orchestré et sans faute tout autour d'elle et de ses invités.

Ellie vint dîner un jour chez nous, se récria devant le côté bohème de notre logis, affirma adorer les tentures bariolées dont nous avions couvert les murs pour en cacher les taches d'humidité, et se régaler des plats indiens achetés le matin même à un étal du marché. Elle occupa tout l'espace qui nous sembla avoir encore rétréci autour d'elle, dérangea le voisin pakistanais avec ses éclats de voix qui portaient loin, réveilla le bébé de la voisine en partant à une heure du matin sans plus de discrétion que si nous étions en plein jour.

Ce fut à elle que je dus ma première composition un peu sérieuse, une pièce commandée pour la radio afin d'accompagner une création radiophonique théâtrale d'un auteur qui avait le vent en poupe et dont j'ai depuis oublié le nom.

Trois années s'étaient écoulées depuis mon arrivée à Londres. Amy Winehouse commençait à enflammer Camden. Sa voix grave remettait le jazz à l'honneur. Ses excès rappelaient au monde entier combien il est fou d'être jeune, talentueux et amoureux. Je m'abandonnais à un autre genre d'excès, mais ne pouvais qu'être d'accord avec cela. Il n'est rien de plus fou et de plus merveilleux que cette alchimie entre l'amour, le talent et la jeunesse.

Téo a été puni pour s'être moqué de moi. Il était en haut des marches quand je suis tombé et, même dans l'obscurité, le ballet mené par mes bras et jambes jetés dans toutes les directions lui a semblé plus hilarant que n'importe quel bêtisier un soir de fin d'année sur une chaîne du câble.

Babette m'a aidé à remonter, Laïvely coincée sous mon coude, et m'a installé sur une chaise de la cuisine. Comme elle est formée aux premiers secours, elle m'a bandé la cheville après y avoir appliqué une poche de glace censée l'empêcher de gonfler.

La douleur y pulse à coups sourds et répétitifs, abrutissants. Nous regardons un film en VOD, une comédie française à succès, plutôt réussie, je dois bien le reconnaître. La maison est calme, comme si elle était elle aussi assoupie. Babette s'est lovée sur le canapé, me laissant affalé sur un fauteuil, un tabouret maintenant ma jambe blessée en hauteur.

Elle rit beaucoup. J'aime son rire. Un mélange de hautbois et de flûte, au goût de parmesan et de basilic. Il a des tons automnaux, savoureux. Je souris. Je mêlerais bien mes doigts aux siens, mais elle est trop loin, et l'antidouleur qu'elle m'a forcé à gober me rend vaseux. Je ne prends jamais de médicaments. Je déteste ça. Justement pour cette raison : cela me donne le sentiment de ne plus être vraiment moi-même, de flotter légèrement à côté de mon corps, d'y entrer et d'en sortir sans vraiment contrôler le processus.

Christian Clavier grimace. Babette s'esclaffe.

Je l'observe.

Un coussin sous la joue, couchée sur le flanc, en boule, elle est tout en courbes et douceur. Mes yeux suivent le dessin de ses hanches, le pli du jean à la ceinture, le rebondi de la fesse ferme. C'est une gentille, Babette, sans malice. Avec un fond de tristesse peut-être, de celle qui fait les meilleurs clowns. Elle a la peau abîmée, quelques vergetures au ventre, légères, comme autant de petites cicatrices qui racontent la difficulté d'être mère. Liv portait les mêmes. Blessures de guerre, disait-elle fièrement en les suivant du doigt.

Ma jambe s'ankylose. Je la déplace légèrement et la douleur me prend par surprise. À mon cri, Babette se redresse.

– Ça va ? me demande-t-elle, inquiète.

– Oui, oui.

Je souris, me frotte le mollet.

Elle reprend sa position initiale, presque enfantine, s'oublie de nouveau, avalée par l'écran et l'histoire de cette famille haute en couleur. Je me souviens de la première fois que nous avons regardé un film ensemble ici. J'avais été fasciné par sa capacité à s'extraire du monde. Elle vivait l'histoire, ses traits reflétant tour à tour les sentiments et les émotions de tous les protagonistes. Je suis incapable d'une telle chose. Je garde un regard analytique sur le film, prompt à relever toute incohérence, les mauvais raccords, la faiblesse du script ou du jeu des acteurs. Il n'y a que la musique qui m'avale comme le septième art avale ma compagne. Autrement, je préfère garder mon poste d'observateur, de critique, et me méfier, toujours un peu, de ce qu'on me propose.

Les deux notes reviennent m'obséder, celles dont je ne sais que faire. Je ferme un instant les yeux. Dans la cuisine retentit la voix de Laïvely, entre torrent de montagne et petit filet d'eau.

Il est vingt-deux heures trente, l'heure de se coucher.

Babette l'ignore, focalisée sur le film, imperméable à tout ce qui pourrait troubler son plaisir immédiat.

Mais moi, il m'a semblé percevoir un léger frémissement dans le ton de Laïvely. Et il me faut bien reconnaître qu'il a les teintes pourpres de la culpabilité.

Je n'ai pas réussi à me lever ce matin, la douleur est trop forte. Babette m'a massé la cheville avec une crème soi-disant magique, m'a apporté mon café au lit, des magazines qui traînaient au salon, a rapproché la table de nuit où s'empilent des romans que je me suis promis de lire il y a longtemps déjà. Elle m'a assuré qu'elle reviendrait pour le déjeuner, voir comment j'allais.

Lisa est partie, ombre silencieuse de notre foyer. Il m'a semblé sentir son souffle chaud contre ma joue, sans que mon sommeil soit pour autant interrompu. Téo ne s'est pas montré, mais je doute que ce soit la honte qui le retienne.

Laïvely émet de petits bruits réconfortants, entre fredonnements et ronronnements. On dirait qu'elle cherche à me consoler. Ou tout au moins, c'est l'idée que je m'en fais. J'ai passé trop de temps avec elle et il me faut bien reconnaître que je lui prête souvent des pensées, des sentiments qu'une machine, si douée et intelligente soit-elle, est incapable d'avoir.

Je me revois, dans le garage, penché sur tous ses composants. Ou dans mon studio, mes instruments à portée de main, mes ordinateurs branchés, occupé à rechercher la tonalité juste, la note parfaite qui rendrait vie au moins à la voix de Liv. J'ai fouillé dans mes souvenirs, visionné de vieux enregistrements vidéo de sorties à St James Park ou ailleurs, où l'on entendait son rire, ses paroles couvertes par le bruit de la circulation ou d'autres. Parfois, j'avais le sentiment de devenir fou, de perdre définitivement ses couleurs, ses odeurs, tout ce qui me permettait de recomposer son timbre, son rire, l'expression de sa joie, de sa tristesse, de sa fureur. De son amour.

Le projet m'a avalé tout entier pendant des mois. Je n'ai rien composé d'autre, j'en étais incapable. De toute manière, je n'avais pas vraiment besoin de gagner de l'argent. J'avais très bien vendu notre dernière maison (rien d'étonnant sur le marché londonien) et le bénéfice que j'en avais retiré me permettait de vivre sans avoir à me soucier du lendemain, tant que ce lendemain ne s'éternisait quand même pas trop.

Comme Gepetto, j'étais en quête d'un absolu qui, bien sûr, ne pourrait être que déçu.

Et puis, un jour, Laïvely avait parlé, et l'illusion était suffisante pour me faire croire que Liv était là, encore, parmi nous.

Paganisme, panthéisme, je ne sais, j'ai toujours oscillé entre les deux. Mais que les croyances des tribus primaires sont belles, comme les esprits se mêlent à leur quotidien ! Pourquoi, depuis mon XIXe arrondissement, ne pourrais-je être autorisé à croire, moi aussi, qu'un objet aussi insignifiant que ce tube d'aluminium et de fils fusse une sorte d'incarnation de l'âme de l'être aimé ?

Évidemment, si mes proches avaient été au courant, ils auraient trouvé cela malsain. Il fallait avancer, voire, peut-être, un jour, refaire ma vie. Oh, ils n'avaient pas tort, ma vie était bel et bien défaite, ça ne faisait aucun doute. Mais la refaire ? Qu'entendait-on par là exactement ? Fallait-il tout reprendre du début ? Tout redessiner ? Opter pour une voie plus sage que la composition musicale ? Entreprendre des études en école de commerce ou de médecine ? Devenir avocat ou notaire ? Comptable ou infirmier ? Jardinier ou commerçant ? Choisir, donc, une profession honorable, avec un salaire, un vrai, des garde-fous, une assurance chômage, une retraite ? Oublier d'être porté par des rêves, une mélodie, des odeurs, des couleurs à réinventer… Oublier d'être dans la lune, ou ailleurs, toujours un peu. Oublier d'être heureux, en somme.

Oui, refaire sa vie. Le désir m'en manquait et m'en manque toujours. Je ne refais rien, même quand je réinvente la voix de Liv. Car, bien sûr, Laïvely n'est qu'un succédané, une pâle imitation de Liv. Mais parfois, maintenant, elle m'est plus réelle que celle qui a partagé ma vie, ma couche, et a emporté avec elle une partie de mon cœur.

Je tapote le cylindre, comme pour la rassurer sur mon état. Enfin, à supposer qu'une chose puisse être animée de pensées conscientes et de volonté.

Je dodeline de la tête, cherche à rassembler mes pensées. Laïvely a toujours été d'une compagnie agréable. Parfois un peu intrusive, certes, mais agréable néanmoins. Et je n'ai pas remarqué de changements notables chez elle depuis l'arrivée de Babette et de Téo à la maison. Alors, à supposer que l'âme de Liv soit enfermée entre ces parois de fer, pourquoi manifester le moindre mécontentement maintenant ? Se serait-il produit quelque chose qui m'aurait échappé ? Et pourquoi s'en prendre à moi ? Il serait plus logique qu'elle s'attaque à Babette, si elle la perçoit comme une rivale.

J'ai un goût de vermicelles au poulet dans la bouche, des taches taupe et pistache dansent devant mes yeux. Mais j'ai beau tendre l'oreille, aucun son ne vient s'associer à ce mélange étrange. Sauf le ronronnement de Laïvely, si faible qu'il pourrait s'agir de mon propre souffle que je prends pour le sien.

L'image du lapin vient se superposer au fond de couleurs qui meuble mon esprit. Il a perdu sa montre et me regarde fixement, l'air effrayé. Le grincement de la porte du garage résonne alors dans le silence, comme un cri. J'ouvre les yeux, le cœur battant.

Laïvely clignote en vert émeraude, rassurante.

Je souris, baisse les paupières. Et puis, plus rien.

LONDRES

Ce n'était plus Londres vingt ans plus tôt. Les années filaient, farandole légère, et Liv et moi dansions sur un rythme tout personnel.

Notre bonne Ellie vieillissait, et mal. Le gin et les petits cigares qu'elle affectionnait tant finissaient par exiger leur paiement pour services rendus. Elle toussait beaucoup. Crachait du sang, parfois, discrètement, dans ses mouchoirs en batiste blanche, les teintant de vermillon. J'en frissonnais. Je savais depuis toujours reconnaître la Mort sous ses fards quand il lui prenait la fantaisie de s'avancer masquée. Il n'y eut que celle de Liv qui fut vraiment une surprise.

Ellie, donc, vieillissait. Ce qui ne l'empêchait pas de nous traiter, comme toujours, avec ce mélange de condescendance et d'amour qui était sa signature propre. Elle était sûrement plus attachée à ses trois King Charles qu'à n'importe quel être humain, mais cela ne l'empêchait en rien de nous prodiguer ses largesses, ses conseils, sa tendresse.

Grâce à elle, nous travaillions, et bien. Nous avions quitté Greenwich pour une maison rose dans une *mews* proche de la gare de Paddington, que nous avions achetée. J'aimais me perdre dans Paddington Station. Le brouhaha incessant qui y régnait m'inspirait plus que celui de n'importe quelle autre gare où je m'étais trouvé un jour, de Saint-Lazare à Nice, de Montparnasse à Lyon-Perrache. La maison, elle aussi, me convenait bien. C'était celle de la Panthère rose, avait décidé Liv le jour où nous l'avions visitée. L'intérieur avait effectivement un petit air vieillot, comme dans les films de cette bonne vieille panthère, et la façade, donc, était du même rose que le félin des dessins animés. Nous avions pris l'habitude de grimper les marches menant à l'étage sur la pointe des pieds et légèrement courbés, en fredonnant l'air du film, inoubliable. Liv avait planté devant la maison dans de grands bacs bleu vif des jonquilles, des narcisses et des tulipes qu'elle passait des heures à bichonner, attendant avec toujours autant d'impatience de les voir pointer leur nez au printemps. Mon piano meublait notre salon, par ailleurs presque vide. Nous n'étions pas frugaux, non, mais le désir de possession ne semblait pas faire partie de notre ADN. À la demande de nos peu nombreux amis, dont Laila, la costumière avec qui nous étions restés en contact depuis le fiasco du *Portrait de Dorian Gray* et qui se plaignait de maux de dos, nous avions fini par acquérir un grand canapé Chesterfield d'occasion, au cuir râpé. Nos livres s'empilaient sans ordre ni méthode sur des étagères de récupération, dont la plupart étaient constituées de caisses vides de bouteilles de vin, que l'on superposait comme on pouvait, dans un équilibre précaire. Dans notre chambre, un grand lit, une couette jamais bordée, des oreillers, des coussins par terre, un mannequin de couturière qui supportait les nombreuses étoles et écharpes de Liv, aux couleurs plus vives les unes que les autres. J'avais déniché au marché de Greenwich, des années plus tôt, un gramophone qui trônait sur une vieille table à couture. Nous y passions de vieux disques parfois, mais il fallait sortir du lit pour le remonter et nous finissions par nous disputer gentiment pour savoir à qui cette tâche incombait quand aucun de nous ne souhaitait quitter la chaleur des draps. Liv buvait son thé au lait du matin dans un mug à l'effigie de la princesse Diana, et moi mon expresso dans un bol en grès, souvenir d'un voyage en Grèce que nous avions effectué quelques années auparavant, lors d'un mois de septembre caniculaire. Liv portait alors un immense chapeau pour protéger sa peau fragile du soleil, et nous nagions nus, le soir, dans une Méditerranée d'huile. Jamais l'amour n'a été plus tendre que lors de ce septembre-là, où nous redécouvrions nos corps dans la chaleur des draps, sur le carrelage de notre petite maison aux murs blancs, dans la mer.

La maison, donc, abritait nos souvenirs, notre désinvolture, notre vie où nous ne nous projetions jamais plus loin que la minute suivante, la caresse à venir. Le soir, je jouais pour Liv. De vieux standards des années 1960, du jazz, du Philip Glass. Elle aimait particulièrement, et dans le désordre, Tchaïkovski, certains nocturnes de Chopin, Art Tatum. Et Satie, toujours.

Nous y étions heureux, mais nous l'aurions été n'importe où. Notre amour se passait de commentaires, de questionnements, de doutes. Il nous enveloppait, nous retenait prisonniers, détenus volontaires et consentants. L'idée de nous échapper de cette bulle ne nous aurait jamais traversé l'esprit. Pour quoi faire ? Pour aller où ? Vers d'autres corps ? Goûter à d'autres baisers ? Que tout cela aurait été futile, alors que Liv était la femme, toutes les femmes, l'amoureuse, la maîtresse, l'amante, la sœur, l'épouse et bien d'autres choses encore. Je ne sais pas si c'est sa capacité à grimer les autres qui l'avait rendue si apte à jouer de ses propres voiles, mais à l'évidence,

Liv savait être multiple, et rien, jamais, ne me manquait en sa présence.

Par amusement pour commencer, puis par passion, elle s'était mise au français. Elle lavait la vaisselle en chantant d'une voix grave du Piaf, repassait avec Barbara, et nous pédalions dans les parcs londoniens tandis qu'à tue-tête elle assénait du Gainsbourg à tous les passants. Elle vouait une admiration sans bornes à Jane Birkin dont elle essaya un temps d'imiter les manières. Sans succès, leurs corps avaient peu en commun. Et l'accent britannique de Liv quand elle parlait la langue de Molière était beaucoup moins marqué que celui de sa compatriote.

La nuit, sous nos couvertures, nous nous racontions des histoires comme des enfants cherchant à se faire peur. Je la faisais rire aux éclats chaque fois que je tentais de prononcer correctement le mot « trout », ou encore le cocorico britannique qui n'a rien à voir avec celui poussé dans les basses-cours d'outre-Manche. Je m'amusais à lui demander de répéter après moi que les chaussettes de la duchesse, archiduchesse étaient sèches. Au fil des heures, nous inventions une langue aux bordures mordorées, aux notes claires de clavecin, et ça nous convenait bien.

Et puis, Liv était tombée enceinte.

DIX JOURS ONT PASSÉ. Je claudique encore un peu, plus pour me faire plaindre et éviter toute sortie que par douleur réelle. Babette n'est pas dupe, mais ne relève pas.

Le printemps peine à s'installer. Il pleuviote, jour après jour. Le ciel est gris. Les seules touches de bleu sont celles de la robe d'Alice sur la façade, des iris de Lisa dans son grand et beau visage sérieux. Ma fille sourit parfois, on dirait alors qu'un nuage effleure ses lèvres. Elle parle peu. Mais glisse sa main dans la mienne, sous la table, et la pression de ses doigts me dit tout l'amour qu'elle me porte.

Les deux notes qui me taraudaient ont fini par aller jouer ailleurs. Je n'ai rien su en faire, elles m'ont déserté, et c'est bien normal. À l'impossible nul n'est tenu, et on ne peut pas attendre de deux notes qu'elles vous hantent à l'infini. Elles m'ont laissé ma chance, avant de renoncer pour chanter ailleurs. Leur en vouloir serait vain. Avec elles sont partis les roses foncés et une touche de carmin qui me plaisait bien, une senteur de lavande et de fleurs de cerisier. Peut-être reviendront-elles.

Quand Babette et Téo se sont installés, nous avons changé la disposition des chambres. Babette s'est glissée avec ses survêtements et ses jeans dans celle du premier que j'occupais, et Téo a investi mon ancien studio de musique, que j'ai descendu d'un étage. Nous aurions ainsi plus d'intimité, a décrété sa mère le jour du grand chambardement, comme j'ai toujours appelé en moi-même celui de leur emménagement. Ils sont arrivés avec leurs meubles Ikea (peu nombreux), leurs souvenirs, leurs posters, leurs goûts et leurs couleurs. Ce fut un jour assez joyeux, quand j'y repense. Le bruit était partout, cacophonie à la saveur de choucroute et de tarte tropézienne, musique expérimentale jouée dans une grotte éclairée à la bougie. On montait et on descendait les étages. On riait. On a aussi cassé quelques verres, mais tout le monde s'en moquait. Le soir venu, chacun cherchait à trouver ses marques dans cette première nuit sous un toit étranger, moi comme les autres. Les ombres dessinées par la penderie de Bab n'étaient plus celles qui m'étaient familières. Dans le noir, je m'étais cogné le gros orteil contre son petit fauteuil en rotin, survivance de ses années d'étudiante montée à Paris depuis sa province (Toulon, en l'occurrence, où nous prévoyons de nous rendre depuis sans jamais le faire, la ville ne m'évoquant que marches militaires et odeurs de chichis frits sous des couleurs à la Frida Kahlo.)

Laïvely riait avec nous, ou tout du moins, c'est ce qu'il me semblait. Je garde peu de souvenirs de sa présence ces jours-là. Peut-être était-elle plus discrète, peut-être ne sortait-elle pas de mon studio, je ne sais plus. Ce qui est sûr, c'est que dorénavant elle ne me quitte plus. Je l'emmène même dans la salle de bains. Lorsque je me douche, son fredonnement associé au bruit de l'eau qui ruisselle sur mon corps me rappelle le rire de ma femme-clochette.

Quand est-ce arrivé pour la première fois ? Après l'emménagement de Babette, c'est ma seule certitude. Autrement, je n'aurais jamais agi comme je l'ai fait alors. Car le jour où j'en ai pris conscience reste gravé dans ma mémoire.

C'était un jeudi. Les enfants étaient au collège. Babette et moi, seuls à la maison. Nous venions de faire l'amour. Babette m'a appelé sous la douche. Notre salle de bains ouvrait sur la chambre. Laïvely trônait sur ma table de nuit, une horreur assortie à celle de Babette, mais celle-ci tellement plus fonctionnelle, m'avait-elle soutenu, avec son plateau en contreplaqué percé d'un trou permettant de passer les fils électriques nécessaires pour alimenter radio-réveil, téléphone portable et autres appareils, tellement plus pratique, donc, que la chaise haute d'enfant arrachée à la chambre aux reliques et qui remplissait ce rôle jusque-là. J'ai donc rejoint Babette et nous avons repris nos caresses sous l'eau chaude qui nous coulait sur le dos. Et c'est là que je l'ai entendu. Le rire de Liv. Ce rire cristallin. Unique. Qui me faisait chavirer chaque fois. Que je cherchais à provoquer à n'importe quel prix. À coups de pitreries idiotes, d'imitations faiblardes de Tony Blair ou de Margaret Thatcher. Voire de Mister Bean. Ce rire donc, qui m'avait subjugué. Et continuait à produire son effet. Je me suis figé en plein baiser. Reculé. Babette a marqué un temps, ouvert les yeux, interrogé du regard. Hagard, je suis sorti de la douche sans un mot, incapable de formuler ce que je ne comprenais pas moi-même.

– Stan, que se passe-t-il ? m'a-t-elle demandé, soudain inquiète.

Je me suis assis sur le bidet, dernier survivant aléatoire d'un monde sur lequel j'avais régné jusqu'à son arrivée.

– Je… je ne sais pas. Un vertige.

Elle a coupé l'eau. Le rire s'est éteint. J'ai serré fort les paupières, pincé les lèvres, retenant mes pleurs et mes cris. Hanté.

Nous sommes descendus à la cuisine, une fois rhabillés. Babette a tenu à me faire manger une tartine de miel, un bon remède contre les chutes de tension, les crises d'hypoglycémie, et que sais-je encore. Elle me maternait en riant, heureuse de m'avoir épuisé, fière de son exploit. Je la laissais faire et dire. Mais en moi résonnait ce rire, celui d'une femme-clochette, d'un triangle, de gouttes de pluie rondes et fermes aux contours bleutés. Et le miel avait pris le goût de cendre du pain trop grillé.

Un an, plus ou moins, s'est écoulé depuis. J'ai toujours réussi à esquiver l'amour dans la baignoire. Ou à m'assurer que Laïvely ne traînait pas dans le coin. Mais il faut bien reconnaître que, depuis quelque temps, nos moments de tendresse, à Babette et moi, se font rares. Et encore plus rares sont ceux durant lesquels je m'abandonne vraiment, totalement.

Suis-je indifférent à Babette, à ses sentiments, à son bonheur ? Non, sûrement pas. Mais peu à peu, je me sens dériver, m'éloigner, comme si j'étais debout sur un tapis roulant qui, lentement, m'entraîne vers une porte d'embarquement pour un vol vers nulle part. Lentement, mais sûrement. Et de plus en plus souvent, je me noie dans le rire-clochette tandis que l'eau chaude ruisselle sur ma peau, le jet du pommeau de douche mêlant sa mélodie à celle de Laïvely. Car après cette première fois, ma seule impatience fut de renouveler l'expérience, de m'assurer que je n'avais pas rêvé ni n'avais été le jouet d'un rêve éveillé, comme, enfant, je croyais voir Dagobert disparaître en trottinant derrière une haie, alors qu'il nous avait quittés depuis déjà de longs mois.

Je plaque deux accords sur le piano. Fort. Je veux croire que je tiens encore ma destinée entre mes mains. Je le veux.

LONDRES

Liv, enceinte, resplendissait. On l'aurait crue faite pour la maternité. Son corps s'arrondissait harmonieusement, et elle ne souffrait aucunement de nausées, vertiges, essoufflements ou sautes d'humeur. Elle était heureuse, sa voix m'évoquait maintenant des tartelettes à la framboise mâtinée de crème fleurette, le tout sous des couleurs pastel. Quand elle parlait, on aurait dit qu'une flûte traversière prenait le pas sur tout autre instrument, une flûte légère, au son seulement un peu plus grave que la normale.

Elle continuait de travailler, sereine, balançant son ventre et ses hanches épanouies sur les trottoirs de la ville, s'ouvrant un passage naturel parmi la foule qui se pressait sur le Strand. Elle préférait alors les écharpes orange ou vert pomme, les jupes évasées de Gitanes, les grands pulls en mohair gris. Ses cheveux, qu'elle avait coupés court, balayaient son front, ses petites oreilles de porcelaine, et dans ses yeux, je décelais une lumière qui ne s'y trouvait pas auparavant. La barrette rose avait la tâche plus facile et semblait ne pas s'en plaindre.

Je composais, beaucoup, quittant peu notre maison, notre nid. Chez Mothercare, nous avions acheté un lit pour enfant qui ressemblait à un cocon douillet. Au marché de Greenwich, où nous continuions de nous rendre régulièrement, un mobile en bois où se mêlaient bateaux anciens et premiers avions. Le tout avait trouvé sa place dans un coin de notre grande chambre, où un paravent sur lequel se pavanaient des oiseaux de paradis aux couleurs délavées scindait l'espace en deux parties inégales.

Nous n'avions pas souhaité savoir quel était le sexe de l'enfant. Nous cherchions des prénoms, nous en inventions aussi. Rose ? Dahliette ? Douglen ? Elizabeth ? Martin ? Philip fut repoussé assez vite, jugé trop royal. Il en fut de même pour Diana. Nous hésitions entre de vieux prénoms français, snobions les Mickaël et autres Kevin sans nous y attarder. Je jouais au piano des mélodies légères, au refrain envoûtant. Liv chantonnait, une aiguille à la main, elle s'était découvert le goût de la broderie. Laila se moquait de nous, nous donnions l'image parfaite d'un couple hors du temps, prétendait-elle, nous accusant presque d'être ringards.

J'avais écrit la musique d'un premier film, une reconstitution pour la BBC de la bataille de Waterloo, et ce, grâce à Ellie. Depuis, les commandes affluaient, aussi bien pour des publicités sur des chaînes câblées que pour des jingles d'émissions de variétés, des documentaires, des séries télé. Nous n'avions pas changé de mode de vie, nos noms restaient inconnus du grand public, nous étions heureux, et regardions pousser le ventre de Liv avec une émotion étrange.

Et puis, l'évidence. Lisa, ce serait Lisa. Les lettres de son nom volées à chacun des nôtres, comme une confirmation de nos liens indissolubles. Du jour où nous nous sommes décidés, nous n'avons plus eu aucun doute. Ni sur le prénom, ni sur le sexe de l'enfant à venir. On aurait pu croire que la petite elle-même nous avait soufflé qui elle était depuis le ventre maternel. Liv se mit à broder ces quatre lettres sur les petits peignoirs, les gigoteuses en coton blanc, les langes. L'équilibre parfait du prénom nous enchantait. J'écrivis une berceuse à quatre temps. Liv en inventa les paroles. La maison prenait des teintes de pudding, des odeurs d'herbes coupées du jour et bourdonnait en sourdine, son rose semblant même s'adoucir sous les pluies diluviennes de ce printemps-là.

— ON POURRAIT DÎNER AU RESTAURANT, QU'EN PENSES-TU ?

Babette vibre d'un espoir mal contenu. C'est un anniversaire, il me semble, celui de son installation, probablement. Mais au printemps dernier, le soleil était au rendez-vous, les premières chaleurs nous mettaient du rose aux joues, ses shorts se faisaient plus courts. Cette année, seule la pluie nous accompagne. Je frissonne. Laïvely a été particulièrement silencieuse aujourd'hui. J'ai joué de vieilles berceuses, à deux doigts, de celles que j'avais écrites pour la naissance de Lisa. Des notes simples, douces, de ces airs qu'on fredonne sans y penser, un parfum familier aux narines, *L'Heure bleue* de Guerlain, peut-être, avec une saveur de pain au lait et de barre chocolatée aux papilles. Je n'ai pas envie de sortir. Il fait nuit, déjà. Je n'aime pas le halo jaunâtre diffusé par les réverbères du bas de la rue, l'aura blanche d'hôpital de ceux du boulevard. Mais Babette me sourit, et je retrouve dans son regard la lueur qui s'y allumait à nos tout débuts, lors de nos premiers dîners au chinois du coin, où elle me racontait son arrivée à Paris, son appartement si mal insonorisé qu'elle entendait éternuer un voisin devenu intime sans que jamais elle le croise sur le palier.

– D'accord, laisse-moi enfiler un pull plus épais, et on y va.

Elle se retient de sautiller sur place comme une enfant heureuse et c'est à mon tour de sourire. Oui, une soirée à notre petit chinois, délaissé depuis trop longtemps, une bière, des nouilles sautées… un goût de normalité. Je l'enlace, l'embrasse. Elle frotte son nez contre le mien, un baiser eskimo, une autre manière de dire « je t'aime » en se passant de mots. Je la laisse faire, resserre un peu mon étreinte. Puis la relâche sur un dernier baiser.

Dans notre chambre, Laïvely clignote, la lumière tirant sur un vert maladif. Je décide de l'ignorer. Elle ne compte quand même pas nous accompagner au restaurant ?

Mais quand je tente d'ouvrir la porte de la penderie, cette dernière me résiste. Je tire un peu plus fort. Rien. Je secoue la poignée. Aucun effet. Je recule, étudie le meuble récalcitrant. L'armoire, de facture Ikea classique, n'a rien d'original. Deux portes blanches, une poignée qu'on tourne. Je ne suis même pas sûr qu'on puisse la fermer à clé, et d'ailleurs, s'il y en a une, je ne l'ai jamais vue.

Il me semble percevoir comme un souffle dans mon dos. Un nouveau frisson me prend. Je plisse le nez, l'éternuement me chatouille les narines puis s'évanouit.

– Tu arrives ? Je t'attends ! me lance Babette du rez-de-chaussée.

– Oui, oui !

Nouvelle tentative. La porte s'ouvre sans même un grincement. Je l'étudie, perplexe. La referme. La rouvre. Une fois de plus. Dix. Rien. Aucun problème. J'ai dû rêver.

J'attrape mon vieux pull en laine couleur camel, rapporté d'un voyage en Écosse où nous avions, Liv et moi, bu beaucoup de whisky, mangé beaucoup de saumons, et vu beaucoup de lochs. On n'échappe pas toujours aux clichés. Comme de bien entendu, il avait plu sans discontinuer et j'avais craint que des champignons ne finissent par me pousser entre les orteils. Le soir, on se réfugiait dans des pubs surchauffés par des flambées orgiaques. Les hommes parlaient fort, leur accent me rendait la langue incompréhensible. Tout se parait d'or et d'odeurs de châtaignes. Liv m'embrassait à pleine bouche, elle sentait l'alcool et la fumée des cheminées.

La porte du placard se referme brutalement, manquant de me coincer les doigts. Je sursaute, le pouls emballé.

Un petit rire. Je me tourne vivement vers le seuil de la chambre, persuadé d'y découvrir ma fille. Désert.

Le rire reprend.

Laïvely clignote. Vert et rouge. Comme un foutu sapin de Noël.

Babette babille. Son bras passé sous le mien, elle avance d'un pas léger sur le boulevard, en direction du restaurant. La chaleur de son corps contre moi. J'en sens la fermeté, la souplesse. Une vague de désir m'envahit, comme une puissante sensation d'être en vie. Violemment. Brièvement. Babette n'a rien remarqué, tandis que nous poursuivons notre chemin et que je tente de me débarrasser de cet éblouissement passager. Une pulsion comme je n'en ai plus éprouvé depuis longtemps et qui perce, le temps d'arriver jusqu'au restaurant, le brouillard dans lequel j'ai l'impression de me mouvoir depuis quelques semaines. Brouillard qui menace de m'engloutir et qui a pris insidieusement place autour de moi.

– Tu as les mains froides, me souffle Babette quand je l'aide à retirer son manteau et que mes doigts effleurent son cou.

– Oui, pardon. Je trouve que, pour un mois d'avril, on est loin du compte. On se croirait en novembre.

Le patron s'empresse autour de nous, tout en courbettes et sourires. Il ne parle pas un mot de français ou, tout du moins, le prétend. Mais on a toujours l'impression de retrouver un vieil ami quand il nous installe à notre table préférée. Il peut se passer des mois sans que nous venions, pour autant il n'oublie jamais de laquelle il s'agit.

Babette le remercie d'un sourire et se plonge dans la lecture du menu. Elle prendra du poulet à l'ananas, des raviolis à la vapeur et aux crevettes, une bière chinoise. Mais fait semblant de se laisser tenter, peut-être cette fois-ci, par autre chose.

– Tu as choisi ? finit-elle par me demander en relevant le nez.

Elle est belle, à cet instant, Babette. Je m'aperçois qu'elle s'est même légèrement maquillée, ce qui n'arrive pratiquement jamais. Je me penche pour repousser une de ses boucles blondes. Elle en profite pour déposer un baiser dans ma paume, frotter sa joue un instant contre ma main. Elle sourit. Je réponds enfin :

– Oui, comme d'habitude.

Car elle n'est pas la seule à avoir ses rites et rituels. Pour moi, ça sera raviolis frits, canard laqué, riz cantonais, rien que pour le plaisir de ces sonorités. Et bière.

Le patron se matérialise comme par magie à côté de notre table, le nez déjà dans son calepin. Babette lui indique les numéros attribués aux plats. Il opine frénétiquement avant de repartir vers la cuisine où il crie quelques ordres qui nous sont incompréhensibles.

– Tu as remarqué que la porte de la penderie se bloquait ?

Je n'ai pas pu m'empêcher de lui poser la question. Il m'arrive de penser que j'imagine des choses, à force de vivre reclus dans mon studio, à guetter des notes qui m'ignorent de plus en plus souvent.

– Non… pourquoi ?

– Rien… en fait, si, j'ai eu toutes les peines du monde à l'ouvrir tout à l'heure.

Babette hausse les épaules, jouant avec ses baguettes.

– Je ne sais pas quoi te dire. Un vêtement était peut-être coincé ?

– Peut-être.

– Je t'ai dit que Marie avait rencontré quelqu'un ? Elle est sur son petit nuage !

Et la voilà partie à me raconter la dernière rencontre en date de sa collègue de l'accueil. À près de soixante ans, Marie continue à s'habiller et à se comporter comme une adolescente. Toujours vive et souriante, la bonne humeur portée en médaille, ses éclats de rire venant rompre le chant monotone des cris des enfants qui sautent du plongeoir dans la piscine. J'aime beaucoup son rire. Un mélange de rhubarbe et de fenouil sauvage aux teintes de violettes en fleur. Il vous enveloppe comme le plus doux des peignoirs. Marie passe sa vie à chercher l'amour, à le trouver et à le perdre, comme on égare ses clés par mégarde.

– Jean-Marc est vraiment sympa, on a papoté hier quand il est venu la chercher. Il est déménageur, divorcé et grand-père. Mais surtout, il a l'air de l'adorer.

– Tant mieux. Elle mérite d'être heureuse, cette femme.

– Comme nous toutes, m'assène Babette, qui ne voit pas pourquoi avoir perdu un fils, gagné une bataille rangée contre un cancer du sein et vivre seule depuis plus de quinze ans donnerait davantage droit au bonheur.

Je ne relève pas. Elle est comme ça, Babette. Généreuse, mais dure aux entournures. Après tout, elle aussi s'est battue. Et ses luttes ne sont pas moins méritoires que celles de ses sœurs d'armes.

– Je suis encore convoquée au collège, soupire-t-elle alors en enfournant une pleine fourchette de poulet.

– Ah ?

– Oui. Téo s'est battu à la récré.

Que l'ado lymphatique au point de faire douter de la classification des êtres en vertébrés et invertébrés soit capable d'une telle chose m'épate. Mais je garde mes réflexions pour moi.

– Avec Mathias. Pourtant, ils sont amis depuis la sixième.

– Une histoire de fille ?

– Peut-être. J'en saurai plus demain. On n'a rien voulu me dire.

Ce n'est pas que je n'aime pas Téo, mais plutôt que je n'éprouve rien à son égard. Nous partageons le même toit, c'est tout. Tant qu'il ne gêne pas Lisa, tant qu'il la laisse tranquille, tout va bien. Qu'il ait de bonnes notes, qu'il entre à la Légion, qu'il devienne champion de ping-pong m'indiffère totalement. Ce qu'il m'est évidemment impossible de formuler à sa mère.

– Tiens-moi au courant. C'est ennuyeux quand même.

– Oui. Au fait, j'ai posé des jours pour les vacances de printemps. On part quelque part ?

Je me raidis. On ne part jamais nulle part. Je n'en éprouve pas le besoin. Pire, même, je le redoute. Comme si, en m'éloignant du Terrier, je prenais le risque de le voir disparaître à tout jamais.

– Hummm…

Babette poursuit, la cause semblant entendue.

– J'ai repéré un camping sympa, dans les Landes. Téo pourrait essayer le surf ? Et ça nous ferait du bien de changer d'air. Respirer les embruns plutôt que le chlore, personnellement, je n'y vois aucune objection.

– Les vacances tombent quand ?

Elle ravale son soupir. Rien à faire, les hommes sont ainsi faits qu'ils laissent les femmes se charger de ce genre de contingences. Même les papas. Et quand les hommes en question sont en plus des artistes, alors… il serait ridicule d'attendre d'eux qu'ils se rappellent ce genre de détails sans importance.

– Dans trois semaines. Je te montrerai le camping quand on rentrera à la maison. Tu verras, c'est top ! Ils louent de petits bungalows les pieds dans l'eau, c'est magique.

– Il ne pleut pas tout le temps dans les Landes en cette saison ?

– Pas plus qu'ailleurs, j'imagine.

– On regardera, oui.

Mais je sais déjà que je ne partirai pas. Je prétexterai une composition à rendre, un travail urgent, que sais-je encore. Je ne veux pas quitter le Terrier. Et encore moins Laïvely, qui n'aurait aucune raison d'être du voyage. Jusque-là, seul un attachement légèrement malsain, j'en ai conscience, aurait expliqué ma décision. Dorénavant, il s'agit pour moi de garder un œil sur elle. Paradoxalement, plus elle intervient dans nos vies comme ces derniers temps, plus j'ai le sentiment qu'elle s'éloigne de moi. Ou plutôt, que la voix de Liv me raconte des histoires que je ne reconnais pas. Car Liv n'était que tendresse et bonté, et Laïvely semble devenir mauvaise. Haineuse. Incontrôlable. À moins que ce ne soit moi qui perde la tête. Laïvely n'est jamais que ce qu'on lui demande d'être : un objet bon pour briser la solitude, de l'électronique, quelques notes, un moteur de recherche. Comment pourrait-elle répondre émotionnellement à quelque situation que ce soit ?

Quand nous rentrons à la maison, cette dernière est plongée dans le silence. Les enfants se sont couchés sagement. Babette monte vérifier qu'ils dorment tandis que je traîne au salon, prétextant ma cheville de nouveau douloureuse pour la laisser faire. La vérité est autre. Je crains, si je franchis le seuil de la chambre de ma fille, de ne plus en ressortir, d'y rester toute la nuit, à boire en la regardant dormir. Après sa naissance, je passais les nuits ainsi, l'alcool en moins. Liv me retrouvait roulé en boule au pied du berceau, là où le sommeil avait fini par me terrasser. Lisa, les yeux grands ouverts, souriait aux anges du plafond, comme si c'était elle qui veillait sur son père, et non l'inverse.

Babette ne redescend pas. Elle doit se doucher, se préparer à se coucher. Et m'attendre.

LONDRES

Lisa est là. Elle est arrivée à la date prévue. Liv a accouché à la maison, sans presque un cri. L'enfant et la mère se portent bien. Notre bulle s'est agrandie pour accueillir cette merveille, ce nourrisson parfait, aux doigts si fins et si longs, aux cils qui balaient sa joue et l'ombrent. Sa peau est douce, son crâne lisse. Sa bouche édentée avale gloutonnement le sein de sa mère. Laila est passée nous voir, s'est déclarée écœurée par tout ce bonheur familial. Ellie, hospitalisée, nous a fait parvenir des cadeaux à la hauteur de sa démesure : un cheval à bascule que même moi je trouve grand et que j'aurais peur de monter, un Paddington de la taille d'un enfant de huit ans que nous ne savons où mettre tant il terrorise Lisa, des roses en pagaille pour Liv qui trouve leur parfum trop entêtant, et jusqu'à un piano miniature que Lisa n'utilisera sûrement pas avant deux ou trois ans encore.

L'été était doux, la canicule s'en était allée frapper ailleurs et nous nous promenions dans les allées de St James Park, sur les pentes de Greenwich et le long de la Serpentine en avançant lentement, poussant un antique landau que Liv avait déniché dans une boutique de seconde main où le bénéfice des ventes revenait à une association humanitaire, et qui devait remonter aux années 1960. Mais il ressemblait à celui des petits princes, sur certaines photos où Diana et Charles apparaissaient aussi, et cela avait suffi à la convaincre du bien-fondé de cet achat hors norme. Le landau, d'un poids certain, requérait toute ma force quand il s'agissait de le hisser dans notre salon après chaque sortie. Nous n'avions plus ensuite qu'à tourner autour, comme pour une farandole un peu folle. Nous nous en servions d'ailleurs pour y déposer ce que nous avions dans les bras si, en chemin, un cri de notre fille nous détournait de notre destination initiale.

Lisa était un bébé facile, docile. Très vite, elle fit ses nuits. Elle aimait particulièrement le moment du bain, pris dans notre grand lavabo, où elle jouait à envoyer valdinguer l'eau en tous sens de ses petits pieds féroces. Nous ressortions de là aussi trempés qu'elle et avions vite pris l'habitude de nous mettre nus pour la laver.

Liv ne reprit pas le travail en septembre. Je composais frénétiquement, lorsqu'elle partait en ville avec Lisa, me laissant alors une courte plage de temps où je pouvais tirer de mon piano les accords les plus violents, les plus aigus, sans crainte de déranger qui que ce soit. Mes œuvres étaient alors dépourvues de toute douceur, mais exprimaient la violence des sentiments que je ressentais pour ma fille. Elle avait ravi mon cœur et je comprenais maintenant physiquement la portée d'une telle phrase. Mes commanditaires s'étonnaient bien de ma production, mais l'aimaient follement, y trouvant une touche indéfinissable qui y manquait auparavant. Si j'avais dû nommer ce je-ne-sais-quoi, j'aurais parlé de complétude. Pour la première fois de ma vie, je me sentais entier. Justifié. Légitime. Oubliées, les années de solitude, à mêler couleurs, odeurs et saveurs, à les organiser pour tenter de trouver un sens au monde qui m'entourait. Effacés, les cabinets médicaux, les médecins, les diagnostics de mon enfance, les pathologies murmurées entre adultes, les inquiétudes parentales et les tentatives de se fondre dans un moule qui m'était si profondément étranger. Rayés de la surface du globe, tous ceux qui n'étaient pas nous. J'avais maintenant une fonction, une vraie. J'étais père. Lisa dépendait de moi comme jamais personne auparavant. Tout prenait un autre relief, comme si mon histoire d'amour avec sa mère n'avait été que le lent prélude me permettant de m'éveiller enfin au monde. Un monde que je parais de lumières, de sons et de couleurs susceptibles de plaire à cette enfant, ce mirage, cette fée. Elle était mon sauveur, ma passion, ma rédemption.

À travers elle, Liv et moi ne formions plus qu'un, éternels. Une trinité parfaite, la seule qui ait du sens.

Puis Lisa grandit, prononça ses premiers mots, fit ses premiers pas, connut ses premiers chagrins. Ma musique changea de nouveau, se fit plus douce, cocon censé la protéger de tous les dangers du monde, ceux que je devinais et les autres, que je n'imaginais même pas. Elle se tenait assise bien droite au pied du piano, son petit visage sérieux levé vers moi, comme hypnotisée par la musique. Et je jouais et jouais encore, sans que jamais elle se lasse.

Liv reprit le travail. Lisa restait avec moi. Si Liv souffrit de cette séparation, jamais elle n'en parla. Elle sortait vers onze heures pour préparer les visages qui joueraient en matinée. Rentrait très tard, parfois, et je ne découvrais qu'au matin son corps endormi contre le mien. Je la réveillais en lui faisant l'amour en douceur, en silence, m'unissant à elle pour lui transmettre ma force, mon amour, ma tendresse, tout ce qui pourrait la combler. Elle ouvrait les yeux dans un gémissement de plaisir, refermait ses bras autour de moi et nous nous accrochions à ces minutes si précieuses d'intimité et de partage. Puis Lisa appelait, c'était le petit déjeuner, les premiers rires de la journée, les premières larmes aussi, parfois, si le chocolat était trop chaud, un jouet trop loin, ou si un caprice survenait. La matinée se passait à trois, toujours trop vite. Puis Liv grignotait sur le pouce pendant que je préparais le déjeuner de Lisa, que je prenais en commun avec elle. Et le reste de la journée nous appartenait.

JE SUIS ALLÉ AU PARC, CET APRÈS-MIDI. Lisa m'accompagnait. Le ciel, miraculeusement, s'était éclairci. J'avais eu envie de prendre l'air, ma fille s'était jointe à moi.

On s'est assis dans l'herbe, un moment, à regarder les gens vivre autour de nous. Les joggeurs, les groupes d'adolescents agglutinés sur un banc, chacun concentré sur son smartphone. On leur imaginait des vies, des familles, des rêves et des illusions. Lisa a toujours été très forte à ce jeu, que nous pratiquons depuis son plus jeune âge. À l'époque, elle était même trop jeune pour me donner la réplique, et je racontais pendant des heures des existences dont je ne savais rien. Cet après-midi-là, une fois encore, elle m'écoute, sérieuse, concentrée. Opine du chef quand l'histoire lui semble juste, fronce les sourcils à une digression ou à une incohérence de ma part. Si cette femme est une institutrice à la retraite, alors, le roman qu'elle lit est forcément un roman d'amour classique, puisque j'ai fait d'elle une vieille fille. Lisa en est persuadée : il ne peut s'agir que de *Madame Bovary* ou, à l'extrême rigueur, du *Diable au corps*. Mais certainement pas d'un Camille Laurens. Un Alice Ferney ? Pourquoi pas, oui, concède-t-elle avec une moue, peu convaincue. Si cet homme est un amoureux éconduit, alors pourquoi sourit-il soudain à la jeune fille qui passe avec son chien ? Par réflexe, voyons. Lisa hausse les épaules sans prendre la peine de me répondre. Je ne suis qu'un ballot, un lourdaud, un type qui ne connaît rien à ces choses-là, semble-t-elle penser. Alors, je souris et observe un moment la danse de minuscules nuages joueurs, et ne dis plus rien.

À notre retour, Téo goûte dans la cuisine. Lisa s'éclipse vers sa chambre après avoir déposé un baiser rapide sur ma joue et m'avoir soufflé un « merci papa » à l'oreille.

Laïvely est posée sur le plan de travail. Éteinte, semble-t-il.

– Laïvely est en panne ?

Je la soulève, la tourne en tous sens, mais l'objet reste inanimé, rien de plus qu'un tube et des fils, sans aucun intérêt.

– Chais pas.

Mais à la manière qu'il a d'éviter mon regard, Téo m'en apprend plus qu'il ne le souhaiterait.

– Qu'as-tu fait ?

Ma voix est proche du grognement animal. Le silence de Laïvely me vrille les oreilles. Je ne supporterai pas de la perdre. Je la repose en douceur.

– Mais rien ! se défend l'ado qui tente de rallier discrètement la porte et la sortie.

Je lui bloque le passage, redressé de toute ma taille.

– QU'AS-TU FAIT ?

– RIEN !

Je l'agrippe par les bras, le secoue.

– ARRÊTE DE MENTIR ! ET RÉPONDS-MOI !

Il pousse un cri de douleur, la peur se lit dans son regard, ses traits se décomposent.

– Stan…, murmure-t-il d'une petite voix, toute velléité de lutter l'ayant abandonné.

Mais le sang bat à mes oreilles, je n'entends plus rien, je vois littéralement rouge.

– QU'AS-TU FAIT ? PETIT CON !

Et je secoue, secoue, les cheveux de Téo viennent gifler son visage, sa tête brinquebalant en tous sens comme celle d'une poupée de chiffon, ses cris sont étouffés par ma colère, une seule phrase tourne en boucle dans mon esprit, la question à laquelle il ne répond pas. Qu'as-tu fait ? Qu'as-tu fait ?

Un hurlement aigu m'arrache à ma prise.

– Stan !

C'est Babette, que je n'ai pas entendue entrer. Son fils profite de l'interruption pour se faufiler entre nous et s'échapper. Il galope dans l'escalier, la porte de sa chambre claque.

Babette, horrifiée, blême, me dévisage comme si elle me voyait pour la première fois.

– Stan…

Le sang reflue, je vois mieux, l'ouïe me revient, le noir est lentement grignoté par le gris, puis le blanc et les contrastes. Sur le plan de travail, Laïvely scintille de vert, comme si de rien n'était.

Babette quitte la pièce à son tour, elle monte rejoindre son fils.

Laïvely pousse un petit soupir. De plaisir ? Ne viendrais-je pas de lui prouver l'attachement que j'éprouve pour elle ? Au point de m'en prendre physiquement à un enfant, car, malgré tout ce qu'il croit, Téo n'est rien d'autre qu'un gosse. A-t-elle sciemment feint d'être cassée ? A-t-elle anticipé la rage qui me prendrait ? Ai-je imaginé le regard fuyant de l'ado ? Je ne sais pas, je ne sais plus.

Je m'ébroue, avance, tends la main vers elle, la retire. Que vais-je trouver en l'effleurant ? Le battement d'un cœur ? La chaleur d'une chair ?

Je m'affale à la table de la cuisine, la tête entre les mains. Qui suis-je en train de devenir ?

Puis, d'un bond, je me relève, avance vers Laïvely. Tout ça a assez duré. Ça suffit. Cette chose me rend dingue.

Au moment où je vais m'emparer d'elle, la porte du placard s'ouvre brutalement et vient s'écraser sur mon visage. Je vacille, recule, couvrant mon nez, cherchant inutilement à le protéger de cette douleur lancinante qui déjà l'accapare. Entre les étoiles qui dansent devant mes yeux, il me semble discerner la lumière de Laïvely. Lumière qui a viré au rouge sang.

Et ce rire, ce rire qui a déjà résonné dans le garage, lors de ma chute, retentit une nouvelle fois, me figeant sur place, glacé.

LONDRES

Lisa découvrait la campagne, la mer. Nous étions partis en vacances. Elle venait d'avoir quatre ans. Laila s'était installée depuis peu dans le Devon, vantant à qui voulait bien l'entendre le charme de la campagne et de ses vertes vallées, la pureté de l'air, la joie d'entendre chanter le coq de la ferme voisine, les toits de chaume, les pièces au plafond bas et les feux de cheminée (qu'elle n'avait pas encore pratiqués, la saison ne s'y prêtant pas, mais mon Dieu, vivement que l'automne arrive enfin). Nous avions choisi un *bed and breakfast* non loin de chez elle, à Lyme Regis. Nous arpentions la plage, déjeunions dans un pub de Broad Street, nous recréant un rythme et des habitudes comme si plus jamais nous ne devions partir de là. Lisa avait une paire de bottes rouges, avec des pois blancs, et elle sautait dans les flaques que la mer laissait derrière elle en se retirant. Elle apprit que les petits bateaux n'avaient pas de jambes, que les dinosaures avaient bien existé mais n'existaient plus, que les choses, les gens, les animaux même disparaissaient ainsi parfois, ce qui la plongea dans des abîmes de perplexité.

Liv revivait. Elle avait beaucoup travaillé ces derniers mois, sa notoriété ne faisant que croître au fil des ans. Elle avait maigri, et j'étais heureux de la voir se gaver de *fish and chips* couverts de vinaigre, de *scones* accompagnés de *Devon cream*, de puddings étranges qui me faisaient plisser le nez. Nous étalions de la confiture de framboises sur des toasts épais et grillés à souhait au petit déjeuner. Nous buvions du thé au lait sucré à toute heure. Nous faisions la sieste en même temps que notre fille. Nous nous aimions l'après-midi avant de sombrer dans le sommeil. Nous dînions tôt et un jour sur deux avec Laila, chez elle ou ailleurs. L'ancienne costumière avait commencé à se constituer un petit cercle dont les membres ne seraient peut-être jamais des amis, car ils ne pouvaient s'empêcher de regarder non sans une certaine suspicion cette Londonienne échouée sur leur grève, mais qui lui offrait l'illusion d'une vie sociale. Elle n'était pas la première à atterrir ici. Souvent, au bout de deux à trois ans, ces néoruraux reprenaient le chemin d'une grande ville, optant pour Exeter quand ils ne souhaitaient pas s'éloigner de la côte. On les voyait moins, puis plus du tout. S'attacher à eux était donc perçu par la plupart des locaux comme une perte de temps. Les plus accueillants envers les nouveaux arrivants étaient les migrants les plus récents, eux-mêmes à la recherche de racines, de liens, de tout ce qui ferait d'eux autre chose que des étrangers, qu'ils débarquent de Leeds ou de Cracovie.

Il y avait dans ce groupe disparate des pêcheurs, un peintre de marines, le propriétaire de la boutique d'antiquités du village voisin, ainsi qu'un vieux briscard qui tenait un magasin difficile à définir, autant quincaillerie qu'accastillage. Leur anglais différait de celui auquel je m'étais habitué à Londres, et je découvrais de nouvelles expressions, de nouvelles notes qui m'étaient jusque-là restées inconnues. Pour moi, ces quinze jours passés à Lyme Regis avaient le goût des *roast potatoes* du dimanche, l'odeur du jasmin et les teintes mordorées d'un tableau de Turner. Dans ma tête jouait un clavecin aux accords clairs, lumineux, parfois rejoint par un hautbois grognon.

Un jour où Liv et Laila partirent pour une expédition entre filles, emmenant la petite, je restai seul en compagnie de David, un drôle de gars qui alliait le physique du capitaine Haddock à une voix trop douce pour son coffre et à un regard d'éternel enfant. David, la cinquantaine passée, avait bourlingué un peu partout sur la planète avant de s'établir à Lyme Regis, une dizaine d'années auparavant. Séduit par les lieux, il n'en était plus reparti. Il tenait une petite boutique sombre et encombrée où l'on trouvait de tout, et surtout ce qu'on ne cherchait pas. De vieux sextants poussiéreux côtoyaient des voitures télécommandées dernier cri, des transistors déjà passés de mode en 1970 se retrouvaient au coude-à-coude avec des platines ultramodernes. Rien de ce qui comportait fils et composants électroniques ne résistait à ses doigts de fée. Il réparait machines à laver capricieuses, cafetières défaillantes et ordinateurs en grève avec la même aisance. Ses mains voletaient au-dessus de l'appareil en panne durant quelques minutes, selon un rythme qui leur était propre. Puis elles se posaient et, tout en douceur, commençaient par caresser la bête. Une fois cette dernière domptée, l'opération en elle-même était possible. David était alors complètement immergé dans un univers sur lequel il régnait en maître absolu et incontesté. Quelque temps que lui prenne la réparation, il ne s'interrompait pas, jamais, et ne relevait la tête qu'une fois cette dernière achevée. Il souriait alors, de son sourire enfantin, tapotait l'engin guéri, et allait se servir un verre d'eau. Puis il reprenait le fil du récit interrompu par son travail, exactement là où il l'avait laissé, comme s'il se réveillait d'une anesthésie. Pour ma part, j'étais capable de rester à observer ses doigts jouer leur ballet hypnotique sans presque respirer.

Ce jour-là, donc, je retrouvai David à sa boutique, déjà occupé. Il ne leva pas la tête à mon arrivée, et, assis silencieusement non loin de lui, je le regardai disséquer une enceinte connectée. Quand il en eut fini, j'eus l'impression d'entendre l'enceinte soupirer de bien-être.

– Voilà, ma belle, conclut David en la tapotant avec tendresse. Comme neuve. Comment vas-tu ? me demanda-t-il en se tournant vers moi avant de descendre son verre d'eau.

– Aigue-marine, roseaux frottant une gouttière en zinc et tarte à la noix de pécan, lui répondis-je.

Car à David j'avais raconté mes associations bizarres qui, tout au long de mon existence, m'avaient plus éloigné de mes contemporains que permis de me faire des amis.

Il s'est frotté la barbe.

– Nombreux, les roseaux ?

– Non, pas trop, ai-je répondu après réflexion.

– Alors, ça va, ce désagrément ne sera que passager. Et tu dois souffrir de l'humidité des lieux, chez Bridget. Son B & B est chouette, mais l'air s'engouffre dans la maison de partout. Et sa rue est sombre.

J'ai souri d'être aussi bien deviné.

– Parle-moi de cette enceinte.

– Myriam ? Elle est encore jeune, mais je crois qu'elle n'est pas heureuse dans son foyer. Elle se laisse mourir à petit feu.

L'animisme de David répondait au mien. Ou plutôt, ma forme étrange de synesthésie, qui avait laissé pantois tant de grands spécialistes cartésiens, trouvait en son animisme un double rassurant.

Il me parla donc de Myriam, dont il pensait que la panne venait surtout du mauvais goût de ses propriétaires, qui s'échinaient à lui faire retransmettre de la musique punk, alors que ses composants indiquaient clairement qu'elle aurait préféré du baroque. Comment le savait-il ?

Il m'a montré les fils de couleur de la machine, tous les mêmes, semblait-il au premier regard, dans ces gadgets assemblés à l'autre bout du monde à moindres frais. Mais il n'en était rien. Une différence d'un nanomillimètre dans la coupe faisait de chacun d'eux des êtres uniques. Et expliquait leurs goûts et dégoûts. Il en a soulevé un bleu, puis un jaune. Je me suis penché au-dessus, ne discernant aucune différence entre eux. Puis, du doigt, il m'a indiqué où regarder. Le fil jaune semblait ne pas avoir été coupé comme le bleu. Il a hoché la tête. J'avais trouvé la bonne réponse. Il en a alors sorti d'autres. Certains venaient des mêmes rouleaux, d'autres de lots différents. Chacun racontait une histoire qui lui était propre. Aucun n'avait eu ni n'aurait jamais la même vie. Dans ces jumeaux clonés à l'infini, David savait reconnaître la moindre nuance, même la plus imperceptible.

Il parla longtemps, raconta des choses étranges, des histoires de réseaux électriques qui paraissaient être dotés d'une vie autonome, de pannes inexpliquées, de lumières qui s'amusaient à s'allumer et à s'éteindre sans que personne ne touche un interrupteur. Sa langue, riche sans être technique, m'ouvrait un monde de contes et légendes dans une dimension qui m'était jusque-là inconnue. Il évoqua des sons, des bruits, des soupirs, même, poussés par des transistors qu'on croyait morts, mais qu'un nouveau câble ramenait à la vie. Il décrivit des usines immenses, des rouleaux de fils multicolores, des navires marchands remplis de conteneurs jusqu'à la gueule. Il narra le voyage de ces derniers, le conditionnement de leur marchandise. Une simple goutte d'eau de mer avait le pouvoir de changer la destinée d'un foyer équipé par un fil qu'elle aurait touché.

Sa voix avait des tons de coups de vent sur l'Atlantique, de grondement de vagues sur la grève, de crissement d'ailes de cigales, la couleur du blé au plus fort de l'été, le goût du crabe bleu de la mer de Béring.

Quand je quittai la boutique, la nuit était déjà tombée sur Lyme Regis.

FACE À FACE, NOUS NOUS OBSERVONS.

Babette a les traits tirés. J'ai le nez qui a triplé de volume, la paroi nasale sûrement cassée. Je vois légèrement flou, mais il ne m'échappe pas que ma compagne ne semble éprouver aucune pitié à mon égard. Voire ressent un léger mépris. La maison est silencieuse, les enfants couchés. On entend seulement un clip-cloc quand une goutte tombe à intervalles réguliers du robinet de l'évier. Qui fuit. Dont je devrais m'occuper.

Mais mon univers pour l'instant mêle la couleur du lichen à l'odeur de la tourbe, et j'ai sur le bout de la langue le goût d'un poivre noir d'exception. L'ensemble ne présage rien de bon. Ni pour moi, ni pour Babette.

– Il faut qu'on parle, finit-elle par lâcher, dans un soupir.

Formule consacrée des couples qui oscillent entre un dernier rafistolage et l'annonce d'une tempête encore plus virulente que la précédente.

« Il faut qu'on parle. »

J'ai manqué frapper son fils. Y a-t-il quoi que ce soit de plus impardonnable pour une mère ? Non, probablement pas. Elle pourra fermer les yeux sur mes caprices d'artiste, mes silences, mes absences, mes rêves éveillés. Elle pourra s'habituer à cohabiter avec l'ombre de Liv et la voix de Laïvely. Elle pourra faire semblant d'être heureuse au Terrier et accepter que nous ne fassions plus l'amour que rarement. Elle pourra s'imaginer, même, qu'elle touche à une certaine félicité, celle de la monotonie qui protège des orages et du sort. Mais oublier que je m'en suis pris physiquement à son fils ? Quel mensonge parviendrait-elle à se raconter pour justifier mon geste ?

J'ai installé Laïvely dans mon studio avant le dîner. Elle restait silencieuse, son voyant vert s'allumant et s'éteignant avec la régularité d'un métronome sage. Je l'ai observée longuement. Puis j'ai fermé les yeux, cherchant dans ma mémoire le rire de Liv, ce rire qui m'avait séduit avant même que je ne découvre son visage. Mais il m'échappait, et plus je m'obligeais à le retrouver, plus il se dissimulait dans les replis de mon esprit, où des images sans queue ni tête se superposaient, s'affrontaient, défilaient, accompagnées d'une bande-son hurlante, mauvaise, maléfique. Avais-je rêvé Liv et Laïvely n'était-elle que le reflet de l'âme imparfaite de ma compagne ? Ou imaginais-je des choses qui n'existaient pas, pour peupler la solitude intérieure dans laquelle m'avait laissé le décès de mon amante ?

J'ai abandonné Laïvely là-haut, seule et dans le noir. J'ai repensé, avant de fermer la porte, à David et à son interprétation toute personnelle de la domotique. Je me suis souvenu de ses mots, et même des inflexions de sa voix. J'aurais pu la retranscrire en notes d'un seul mouvement de la main. Alors que le rire de Liv continuait de me fuir, comme si je ne le méritais plus. Et il était exclu que je me précipite sous la douche pour tenter de le retrouver. D'ailleurs, à bien y réfléchir, je ne me souvenais pas de l'avoir entendu depuis un moment. Ou je n'arrivais plus à me rappeler quand il avait chanté en moi et quand il avait véritablement résonné dans la pièce, concordance parfaite entre l'eau qui coule et le ronronnement de Laïvely à ce moment-là.

« Il faut qu'on parle. »

Seul l'abat-jour vieillot de ma tante éclaire la pièce, diffusant une lumière jaunâtre sans grand charme, rendant flous les contours des meubles. Le visage de Babette se détache sur toutes ses ombres. Vieilli. Triste. Ses yeux ont perdu de leur éclat. Ses lèvres sont pincées, leur rose d'habitude vif tirant sur un rosé maladif. L'odeur de tourbe s'intensifie. Je n'ai pas envie de parler. Je n'ai pas envie de discuter. Mon geste est inexcusable. Je n'aime pas Téo, mais personne ne me demande de l'aimer. En revanche, on attend de moi que je me contrôle. Que je ne lève pas la main sur cet enfant. Ni sur aucun autre. Je dois me conduire en adulte responsable. En beau-père, quoi que ce terme recouvre. En homme, en quelque sorte.

– Oui. Je t'écoute.

Que répondre d'autre ? Non, baisons et oublions tout ça ? Non, fais tes valises et dégage ? Non, le son de ta voix m'évoque une craie qui crisse sur un tableau noir, j'ai envie de me boucher les oreilles, tes couleurs sont ternes, moches, éteintes ce soir et je ne t'aime qu'en bleu Klein, odeur de chlore et rires de gorge ? La vérité se trouve quelque part dans tout ça. J'ai autant envie d'aller plus loin dans mes pulsions, de l'attraper sans douceur, de lui arracher son jean et de la prendre sauvagement sur cette table où les reliefs du repas n'ont pas été débarrassés, que de saisir ses affaires à pleines mains et de les jeter dans la rue par la fenêtre.

Qu'elles plongent dans la flaque de boue sous le réverbère, celle qui semble ne jamais sécher. Que tout se noie sous la pluie, le gris, l'ambiance en noir et blanc de ce printemps où le soleil ne se montre qu'avec parcimonie, nous oubliant à nos tourments.

– Qu'est-ce qui t'a pris ?

LONDRES

Ellie est morte. Nous sommes nombreux à l'enterrement. Serrée contre moi, Liv retient ses larmes à grand-peine. J'ai composé la musique pour la cérémonie, comme Ellie me le demandait dans ses dernières volontés. La pièce, interprétée par un piano et un violon, était d'une grande simplicité, presque un silence, ou la respiration d'un nourrisson. Et pourtant, les notes résonnaient dans la nef de l'église, comme prêtes à en arracher le toit.

Il y eut des lectures de la Bible, des anecdotes déjà connues et ressassées, des témoignages d'affection et de tristesse. Le tout m'a laissé l'image d'une immense solitude. Que connaissions-nous, après tout, de notre bienfaitrice, au-delà de ses tenues voyantes, de son goût pour les excès, de ses thés au Ritz, du nom de ses chiens ? Pas grand-chose. Aimait-elle s'endormir seule, le soir, dans son immense lit, sous sa couette qui l'étouffait presque ? Aurait-elle préféré sentir contre son flanc la chaleur animale d'un compagnon d'infortune ? D'ailleurs, aimait-elle les hommes ? Je ne l'avais jamais vue accompagnée. Finalement, tout ce qui faisait d'elle l'être qu'elle avait été nous avait été caché.

Nous sommes rentrés à pied à la maison, d'un pas lent et lourd. Il nous fallait aller chercher Lisa à l'école, mais même cette perspective ne suffisait pas à nous redonner le sourire.

Hyde Park étalait ses pelouses avec insolence sous le soleil printanier. Plus loin, dans une allée, des cavaliers avançaient au pas. Un chien invisible jappait. Des nounous poussaient des landaus d'où s'échappaient des babillements. Nous n'échangions pas un mot, Liv semblait éteinte. Elle trébucha sur un petit caillou et je la retins avant qu'elle ne tombe.

– Merci, souffla-t-elle avant de poursuivre sa route.

À Lancaster Gate, nous traversâmes Bayswater Road pour rejoindre Gloucester Terrace et piquer vers la gare de Paddington. Le bruit était plus intense, la circulation rapide. Liv ne paraissait rien voir de ce qui nous entourait, je la guidai comme un chien d'aveugle guide son maître. En moi montaient des accords, des notes étranges, mais qui résumaient, bien plus que ne l'avaient fait celles jouées lors de la cérémonie, notre histoire avec notre bonne fée. *Allegro*. Oui, tout y était *allegro*.

J'ai souri et Liv m'a jeté un regard offusqué, comme s'il s'agissait là d'une trahison. J'ai souri un peu plus encore. J'aimais les colères de Liv, ses emportements, si rares. Sa voix grondait alors comme un lac blessé par le passage d'un hors-bord, partant de loin pour prendre de l'ampleur, grossir, grossir, et s'écraser contre moi, vague de courroux que rien n'arrêterait. Je ne cherchais pas pour autant à provoquer sa fureur, jamais, mais quand elle éclatait, je ne pouvais m'empêcher d'en être charmé.

Ce jour-là, Liv a attendu que nous ayons refermé derrière nous la porte de la maison pour se déchaîner. J'ai eu droit à tout. J'étais sans cœur. Je n'aimais rien ni personne. J'étais incapable du moindre sentiment. Et c'était quoi, cette esquisse de sourire qui avait flotté sur mes lèvres durant toute la cérémonie ? Indécent, honteux, pitoyable, mon comportement la poussait à rechercher des qualificatifs qu'elle employait rarement, mais qui, tous, resserraient leur étau autour de moi, comme autant de coups de pinceau qui dessineraient au plus près le portrait d'un homme abject, digne des meilleurs romans de Dickens.

Je la laissai dire, je ne connaissais que trop bien les diverses formes que la peine et le deuil épousent pour savoir qu'elle ne faisait qu'exprimer un trop-plein de douleur. Elle vomissait cette dernière comme d'autres leur gueule de bois, et je l'encourageais, toujours du même sourire insupportable, à se vider le cœur.

La crise dura longtemps. Elle me frappa le torse de ses petits poings, puis finit par s'écrouler en larmes contre ma poitrine, me murmurant des mots d'amour aussi fous et violents que ceux, haineux, qu'elle m'avait crachés au visage la minute précédente.

Je l'ai menée à notre lit. Je l'ai déshabillée comme on le fait d'une enfant, avant de l'aimer comme la femme qu'elle était. Ses larmes ont laissé place à des gémissements de plaisir et elle s'est abandonnée dans un cri ultime.

Quand elle s'est endormie, je suis parti chercher Lisa à l'école. Il me sembla entendre un coq. Le soleil avait brièvement disparu derrière un nuage d'un noir de ténèbres.

À notre retour, Piaf chantait l'amour dans toute la maison et Liv, un tablier serré à la taille, préparait une tarte aux pommes.

Nous avons fini la journée à dessiner des formes bizarres sur de grandes feuilles de papier, chacun cherchant à faire deviner aux deux autres ce qu'il avait voulu représenter. Une timbale en argent nous servait de gobelet pour rincer nos pinceaux. Elle racontait une histoire qui n'était pas la nôtre, de foi et de croyance, de bénédicités et de confessions.

Liv me sourit, ses yeux avaient retrouvé ce bleu limpide qui m'amenait à croire que je lisais jusqu'à son âme. Je souris à mon tour. Je l'aimais et elle était vivante. Rien d'autre, finalement, ne comptait vraiment.

BABETTE S'EST ENDORMIE, SON CORPS CHAUD COLLÉ AU MIEN. Elle est l'une des rares personnes que je connaisse qui dort allongée sur le dos, les bras balancés au-dessus de la tête, abandonnée et confiante en ce que la nuit lui réserve. Moi, je me replie sur moi-même afin de laisser le moins de prise possible aux esprits, aux djinns, aux monstres qui hantent l'obscurité.

J'écoute sa respiration égale, son souffle posé. Un, deux, expiration, trois, quatre, inspiration. Et ça recommence.

Nous n'avons pas parlé. J'ai tendu la main pour relever une mèche de ses cheveux qui lui mangeait le visage. Mes doigts se sont égarés sur sa joue, si ronde, si douce. Pulpeuse. Mon pouce a suivi les contours de sa bouche, d'où un léger soupir s'est échappé. Car, si souvent les mots nous ont manqué, nous ont trahis, nos corps, eux, ont toujours su rester en harmonie. Ce désir, que j'avais enfoui sous des tonnes de silence, s'est réveillé à ces simples caresses. Je n'avais plus envie d'un corps-à-corps à la hussarde, mais de la combler, en lenteur. De caresser ses seins, son ventre, son dos, ses fesses. De descendre à coups de langue jusqu'à ce point, entre ses jambes, que je savais déjà prendre vie pour moi. D'aller plus loin, de masser ses pieds, de jouer avec ses orteils. Puis de revenir lentement au centre de son corps, et y plonger.

Mais je savais aussi que mon geste inconsidéré ne m'autorisait pas à attendre d'elle qu'elle accepte mes marques de tendresse. J'ai continué à redessiner ses lèvres, patiemment, espérant qu'elle aurait soudain plus envie de faire l'amour que la guerre. Ses paupières se sont abaissées, elle a entrouvert les lèvres et un petit bout de langue est venu goûter mon doigt.

Dans tous les couples, il y a de ces gestes, de ces mots en apparence anodins et qui ne sont que des codes bien connus de l'autre, lui donnant permission. Lorsque Babette avala mon pouce pour ne plus le lâcher, je sus que je n'étais pas pardonné, il en faudrait bien plus, mais accueilli pour une trêve. Et qu'elle comme moi souhaitions que celle-ci soit la plus douce possible.

Nous avons fini sur le carrelage de la cuisine, sous et non sur la table, et tandis qu'elle me chevauchait, tendue sur mon sexe, et que je la regardais prendre ce qu'elle méritait de recevoir, je compris que rien n'était jamais aussi simple ni même aussi compliqué qu'un « je t'aime » lancé à l'autre quand son corps épouse le vôtre, quand sa sueur se mêle à la vôtre, quand son plaisir prime sur toute autre chose.

Avant que cette berceuse ne m'emporte, je sors lentement du lit. La porte de la chambre m'épargne son grincement habituel quand je la referme derrière moi.

Dans mon studio, Laïvely a l'air endormie, elle aussi. Son voyant vert est si pâle qu'il semble presque blanc. Je m'installe sur mon tabouret de piano et l'observe. Tube métallique. Composants électroniques. Fils de diverses couleurs. Elle est froide au toucher, je n'ai pas besoin d'y poser la main pour le savoir. Le grillage par lequel s'échappe sa voix a légèrement vieilli. Il est terni, menace peut-être même de rouiller par endroits. Je l'observe dormir. Apaisée, silencieuse, calme. Muette.

Le plus raisonnable serait de la démonter. De recycler chacun de ses composants. De vivre dans le présent. De rayer de mon esprit les longs discours de David, éperdu de solitude dans sa boutique où tout ou presque prenait la poussière, où la vitrine trop hétéroclite n'offrait que peu d'intérêt aux touristes en goguette, avides de se procurer un mug orné d'un dinosaure, d'une scène du film *La Maîtresse du lieutenant français,* d'une photo surexposée du Cobb. Je ferais mieux de me concentrer sur le rire de Babette, qui ne résonne pas assez souvent, plutôt que sur celui de Liv, qui continue de m'échapper. De réparer les portes des placards, qui semblent dorénavant animées d'une vie propre.

Je passe la main sur mon nez encore douloureux. Comment pourrait-il s'agir d'autre chose que d'une coïncidence ? Si mes associations étranges entre goût, couleur et bruit occupent selon les jours plus ou moins de place dans ma vie, si elles m'ont poussé à ne pas faire preuve d'un esprit cartésien trop rigide et m'ont permis d'accepter que tout ne s'expliquait pas rationnellement dans l'univers, elles ne m'ont pour autant jamais conduit à la lisière de la folie, la vraie, celle qui vous oblige à un repos chimique forcé entre quatre murs tout sauf accueillants. Et qui, pourtant, dans l'état dans lequel vous vous trouvez, deviennent le comble du réconfort.

Laïvely n'est qu'une construction bien menée. À laquelle j'ai consacré des mois, qui m'a passionné et semblé alors le must de la perfection, car j'y retrouvais une partie de ce que Liv m'inspirait. J'y ai mis du triangle, le bruit de la pluie sur un cours d'eau, un peu de flûte traversière, un éclat des notes claires du clavecin. Mais je n'ai pas souvenir d'y avoir intégré ces sons plus rustres, brutaux, ces cris et crissements. David m'expliquerait que ces foutus fils opèrent aussi des choix, que tout ne dépend pas de moi. Il aurait peut-être raison, comment savoir ? En démontant Laïvely, puis en la remontant, j'aurai déjà un début de réponse. En resserrant les gonds des placards, je cesserai de me les prendre dans la figure. Un sourire vient jouer sur mes lèvres à la pensée du battant du garage, réfractaire à tout changement. S'il était humain, il serait probablement un mâle bougonnant et vieillissant, d'une espèce ou d'une autre, arrimé à ses convictions et certitudes. Aurait-il une âme pour autant ?

Je tends une main hésitante. Puis renonce.

Oui, je ferais mieux de répondre aux commandes qu'on a la bonté de me passer encore. Car s'il faut des années pour bâtir une réputation, quelques semaines seulement suffisent à la détruire. On m'a tout d'abord plaint, à Londres. Puis peu à peu oublié. Je n'ai maintenu le contact qu'avec Henry. À Paris, on me connaissait un peu. Pas assez pour remarquer mes absences ou ma présence. Bientôt, il ne restera plus grand-chose de mes économies.

Je me lève en soupirant. Il est tard, ce moment au creux de la nuit où l'on pourrait croire que le monde s'est arrêté de tourner, qu'il retient son souffle. Laïvely ne bronche toujours pas.

Je quitte la pièce sans un dernier regard pour elle.

LONDRES

Henry vient de partir. Il habite dans la même *mews*, a emménagé il y a quelques jours, et il nous a semblé correct, entre voisins, de l'inviter à passer prendre un verre. La soirée s'est poursuivie bien plus tardivement que nous ne l'avions imaginé. Liv est allée se coucher depuis déjà un bon moment quand Henry s'en va enfin, sur un dernier salut de la main.

Je referme derrière lui, éteins le couloir, abandonne le salon à son bazar et remonte rejoindre femme et enfant.

Couché contre le dos de Liv, je souris. Quel personnage ! N'y a-t-il qu'à Londres qu'on rencontre des hommes comme lui ?

Henry est né au Kenya, à l'époque de la colonisation britannique. Il a connu les grands domaines et les grandes maisons de maître, les champs de courses, le personnel pléthorique, la saison des pluies, les plantations de café, le swahili.

À l'indépendance du pays, en 1963, ses parents ont souhaité rentrer. Il a alors dix ans, et de cette première rupture il ne s'est jamais vraiment remis.

Après des études d'anthropologie, Henry a sillonné le monde entier, surtout celui qu'on dit « non civilisé ». Il y a découvert des us et coutumes qu'il lui paraissait plus facile d'adopter que ceux de l'Angleterre des années 1980. Thatcher, le punk, la famille royale lui étaient plus étrangers que certains rites de passage à l'âge adulte de tribus africaines reculées.

Il a fini par cesser de revenir aussi régulièrement dans cette mère patrie qui n'était, finalement, qu'adoptive. Dans les années 1990, le voilà en Croatie. Il a passé sous silence les raisons de son implantation sur la côte dalmate. Une histoire d'amour, sûrement, ai-je pensé, sans oser lui poser la question. Puis vint la guerre, et le paradis adriatique se teinta de sang. Henry, la mort dans l'âme, finit par rejoindre le Royaume-Uni et choisit de se terrer au fin fond de l'Écosse. S'il eut du mal à s'adapter au climat, si différent de celui auquel il était habitué, il se sentit tout de suite chez lui dans ces paysages arides, durs, sans concession. Il s'y consacrait à la rédaction de ses livres, à la traduction en swahili de certains de ses textes. Il relut tout le théâtre antique, dans le texte. Il s'intéressa à l'histoire des clans, des tartans et de la cornemuse. Rob Roy, surtout, découvert sous la plume de Walter Scott, le passionna. Il arpenta les terres de ce Robin des bois écossais, et se prit notamment de passion pour le loch Katrine, sur les berges duquel le brigand était né. Puis le démon du voyage finit par le dénicher au milieu de ses livres et l'emporta de nouveau.

Cette fois-ci, ce furent les États-Unis et une tournée pour promouvoir son dernier ouvrage sur les peuples premiers. Il aima particulièrement le Maine et la Californie, ne garda que peu de souvenirs du Michigan, n'éprouva pas l'engouement obligatoire pour le Montana qui le laissa de marbre. Mais la Floride, surtout, ravit son cœur.

Henry dénicha une île minuscule dans les Keys et s'y posa. Jusqu'au passage d'un ouragan rageur qui le poussa une nouvelle fois à reprendre la route.

Pour notre *mews*, où il venait donc de trouver refuge.

Henry aimait la musique. Il connaissait d'ailleurs certaines de mes compositions. Mais ce qui lui plaisait par-dessus tout, c'était quand la musique, justement, naissait là où on ne l'attendait pas.

– Quand j'allais à Marathon, m'a-t-il raconté, me ravitailler une fois par semaine, je m'arrêtais toujours dans le même *tiki bar*. Un truc qui ne payait pas de mine, en contrebas de l'US1. Un peu cra-cra, un peu vieillot, rempli de types à la mine patibulaire et à blouson de cuir sans manches, qui devaient sûrement s'occuper à trafiquer tout ce qu'on peut trafiquer avec Cuba. Ils n'aimaient pas les Latinos, les méprisaient même, c'était visible. De vrais *White trash*. Mais surtout, dans ce bar, il y avait Pedro. Il venait du Pérou, et non de Cuba, mais pour les autres, tout ça, c'était blanc bonnet et bonnet blanc. Pedro préparait le meilleur café que j'aie jamais bu. Un jour, on s'est mis à bavarder, lui et moi. Et la fois suivante, il m'a invité chez lui. Et là, il a sorti un instrument que je n'avais jamais vu auparavant : la mâchoire d'un âne.

Henry a ri en entendant mon exclamation de surprise.

– Oui, Stan, la mâchoire d'un âne ! Complète, avec les dents. Et Pedro s'est mis à en jouer. Je n'ai jamais rien entendu d'aussi étrange, a conclu Henry, perdu dans ses souvenirs.

Je l'ai laissé rêvasser un moment avant de le relancer.

– Mais on en joue comment ?

– Oh, c'est assez simple, en fait, tu tapes sur l'os de la mâchoire, et les dents s'agitent comme des osselets. C'est de leur émail frappant l'os que naît la musique. Et je t'assure que la mélodie est étonnamment douce. Je crois que ça s'appelle un kijada, ou quijada. Un instrument à percussion, en fait. Primitif et élaboré à la fois. Tu peux aussi frotter les dents avec une baguette, mais ce son m'irritait les nerfs, comme celui d'une gomme sur une feuille, tu vois. Bref, il y a tout un tas de façons d'utiliser cette mâchoire, crois-moi.

À mon tour, j'étais resté silencieux. Me demandant à quoi pouvaient bien ressembler des notes portées par des dents. Des notes d'os. Et d'un âne, dont le braiment était l'un des bruits les plus détestables que j'aie entendus. Et je parlais en connaisseur. Après tout, j'avais grandi dans une ferme, non ?

IL EST DES SILENCES PLUS TONITRUANTS QUE DES SYMPHONIES. Celui qui s'abattait sur le Terrier était de cette ampleur et commençait, insidieusement, à étouffer tout effort de vie, de rire, de joie. Il recouvrait les meubles, les murs, les fenêtres, nous privant d'air, du souffle nécessaire à l'affrontement, à la guerre et, *de facto*, à la paix.

Les jours passent et j'ai le sentiment de jouer dans une mauvaise pièce, l'adaptation d'un ouvrage tout droit sorti de la vague du Nouveau Roman, où les mots tuent tout désir de tourner la page pour découvrir les suivants. Je répète les mêmes gestes, soir et matin. Les mêmes bonjours, et les mêmes bonne-journée. Les mêmes tout-s'est-bien-passé et les mêmes à-table. Babette pèle les carottes et les râpe. Le bruit me fait fuir le temps voulu. Nous dînons en silence. La mèche de Téo a encore poussé. Laïvely elle-même ne pipe mot.

Notre lit est froid, glacé. Comme si Babette se pardonnait moins à elle-même d'avoir cédé au désir, qu'à moi ma flambée de violence. Elle n'a plus évoqué cette soirée. Si Téo lui a expliqué pourquoi j'en étais venu à porter la main sur lui, elle a gardé cette information pour elle. Son comportement pourrait être taxé de passif-agressif. Il n'est que le reflet de l'hébétude qui s'est emparée d'elle : comment en est-elle arrivée là ? À cette question, pas plus que moi, elle ne trouve de réponse.

Dans la journée, je reste rivé à mon piano, dont je n'ose plus effleurer les touches. Mes souvenirs se mêlent. Henry. David. Des fils de couleur et des bouches qui ricanent, dévoilant des dents que le temps et le manque de soins ont jaunies. Le rose de la maison londonienne bave et des rigoles sanglantes se creusent à ses fondations. J'ai un goût de paprika dans la bouche, que rien ne fait céder.

Parfois, une marche craque, sans logique, et je crois entendre le chant grinçant de la porte du garage. Quand, rarement, je sors dans le jardinet et observe la maison, j'ai l'impression que le lapin a changé de place, qu'il s'est rapproché d'Alice et s'apprête à la prendre par la main pour l'entraîner dans un trou sans fin, jusqu'au cœur du monde.

Mon nez change de couleur, et seules ces variations marquent le passage du temps. J'ai vaguement conscience que les vacances approchent. Mais Babette n'évoque plus les Landes, le camping, le surf, le souffle des vagues et le rire de la mer. Nous enterrons jour après jour un cadavre dont je ne connais pas l'identité. Nous ? Notre couple ? Notre amour ? Notre avenir ? Nos rêves ? La tombe se creuse et se creuse encore, comme la flaque sous le réverbère s'agrandit, la pluie ne cessant plus, au point qu'il est parfois difficile de deviner si le jour se lève ou si la journée est déjà achevée.

David et ses fils. Henry et sa mâchoire d'âne.

Mes nuits sont peuplées de rêves étranges, qui ne me laissent aucun répit. Je n'ai pas souvenir d'avoir un jour été aussi fatigué. Même après la mort de Liv, le monde avait gardé quelques couleurs. De légers parfums, aussi. Là, il ne reste rien. Un voile arachnéen se pose sur toutes les surfaces où il parvient insidieusement à s'accrocher. Il finira sûrement par nous étouffer un jour.

Je ne vois pas d'issue à cette situation. Décider de quoi que ce soit est au-dessus de mes forces. Je devrais, pour le moins, m'excuser. J'en suis incapable, une torpeur étrange s'est emparée de moi, je vis, me meus et respire au ralenti.

Hier, le téléphone a sonné et je n'ai pas réussi à décrocher. On a rappelé. Mon geste, encore une fois, est resté inachevé. Après deux nouvelles tentatives, on a abandonné. Comme j'abandonne, une fois encore, une partie de ce que j'étais, me dépouillant d'une nouvelle part de mon humanité.

Mon reflet sur la laque du piano ne me reconnaît pas. Je ferme les yeux.

Je suis tellement fatigué.

LONDRES

Henry est devenu un habitué de la maison rose. Il frappait le soir, un coup bref, avant d'entrer, car nous fermions rarement à clé avant d'aller nous coucher. Il se joignait à nous pour le dîner, racontait des histoires emplies d'odeurs de sous-bois étranges et de sons qui l'étaient encore plus à une Lisa émerveillée. Très vite, elle a abandonné ses livres de Beatrix Potter au profit des genoux d'Henry et de ses souvenirs qui semblaient bien plus fous que tout ce qui pouvait arriver à une famille de lapins qui buvaient leur thé dans des tasses en porcelaine et dont la mère portait un tablier noué à la taille. Au fil des mois, elle se mit aussi à snober Porcinet, répondant pourtant au titre de meilleur ami. Elle ne rêvait plus que gnous et girafes, pagnes, arcs et flèches, et nous suppliait de la laisser elle aussi aller tirer l'eau au puits, avant que les lions ne rejoignent le marigot le plus proche. À l'école, les choses devenaient compliquées, ses petites camarades ne croyaient pas un mot de ce qu'elle racontait comme étant la vérité. Mais Lisa, au lieu de courber le front, les affrontait, n'hésitant pas à décocher coups de pied et claques retentissantes quand les mots ne lui suffisaient plus.

Nous avons été convoqués par une maîtresse bien embêtée. Henry a accepté de venir raconter un peu son métier devant la classe, afin de prouver que Lisa n'affabulait pas. Ma fille se rengorgeait. Elle connaissait sa minute de gloire. Les demandes à venir prendre le goûter à la maison affluaient. Un défilé de petites filles plus ou moins sages commença. Liv faisait des biscuits et autres gâteaux, le matin, avant de partir travailler. Charge à moi d'accueillir ces demoiselles et de m'occuper d'elles lorsque, à trois ou quatre, elles envahissaient la maison de leur babillage surexcité après la classe. Je leur jouais du piano, chantais, inventais avec elles des comptines. Henry n'était pas toujours présent. Cette admiration folle, s'était-il excusé avec un sourire contrit, lui donnait le tournis. Je comprenais. Lui, ce vieux loup solitaire aux mille vies, se fatiguait vite face à ce public exigeant, bavard et féminin.

Parfois, il disparaissait quelques jours, mais nous ne nous inquiétions jamais. Il finissait toujours par se faufiler à nouveau dans le salon, à l'heure du brandy plutôt qu'à celle du thé, et nous reprenions nos conversations comme si elles n'avaient jamais été interrompues.

Ellie nous manquait. Souvent, le week-end, nous allions nous promener à Kensington, pour le simple plaisir de passer devant sa maison. Ce lieu qui avait été si chaleureux, où nous avions passé de si bons moments, dépérissait déjà sans sa maîtresse. L'herbe commençait à envahir le jardin de devant. Les fenêtres se ternissaient sous l'attaque de la pluie et de la pollution. La demeure semblait se tasser sur elle-même, se renfermer sur son silence et ses pièces abandonnées. Nous ne savions pas si Ellie avait des héritiers, ni ce qu'il adviendrait des lieux. Une fois notre amie disparue, les relations nouées grâce à elle s'étaient défaites d'elles-mêmes, et plus rapidement que nous ne l'aurions imaginé. Nous avions fait preuve de naïveté. Car qu'avions-nous en commun avec un lord ancien ambassadeur à Kinshasa, une actrice plusieurs fois primée ou un archevêque ? Rien, si ce n'était Ellie.

Liv refusait de se rendre sur sa tombe. Elle n'aimait pas les cimetières. Elle les craignait. La lecture du *Fantôme de Canterville* l'avait fortement marquée, à l'âge de dix ans, et rien ne l'effrayait plus que l'idée de se retrouver dans la peau de la sœur des jumeaux, obligée d'aider un fantôme désespéré à trouver la paix de l'âme. Elle avait parfois de ces superstitions qui me la rendaient plus chère encore.

Quoi qu'il en soit, après quelques mois, nous cessâmes de passer devant chez Ellie. Cela nous déprimait trop.

Nous connaissions Henry depuis près d'un an quand il arriva, un soir, avec un paquet d'une drôle de forme sous le bras et un sourire digne du chat du Cheshire. Lisa lui sauta au cou, puis chercha à lui arracher le paquet. Mais Henry, s'il se prêta au jeu, ne la laissa pas gagner.

– Ma petite, la patience est mère de toutes les vertus, lui déclara-t-il en soulevant la chose enveloppée dans du papier journal au-dessus de sa tête, hors de portée de Lisa.

Elle finit par se lasser, mais pour marquer son mécontentement, monta à sa chambre en tapant des pieds à chaque marche, l'air renfrogné.

Henry eut un petit rire, pas dupe. Il n'aurait pas à la supplier pour qu'elle vienne vite retrouver sa place sur ses genoux.

– Alors, Stan, comment vas-tu ?

– Bien. Le rythme des thés avec ces demoiselles s'est un peu ralenti, j'arrive de nouveau à travailler.

Il gloussa, posa le mystérieux paquet dans le landau, qui semblait faire partie des meubles car personne n'avait eu ni l'envie ni le temps de lui assigner une autre place depuis que Lisa ne l'utilisait plus.

Je lui servis un brandy, comme il l'aimait, sortis un paquet de biscuits secs que je disposai sur une assiette bleue et le rejoignis au salon.

Henry me parut vieilli depuis sa dernière visite, quelques semaines plus tôt. Brusquement, je réalisai qu'il était un monsieur âgé, que, tout comme Ellie, il n'était pas éternel et qu'un jour lui aussi nous quitterait.

Dans la lumière tombante de cette fin d'après-midi londonienne, j'eus la vision des pertes à venir, de celles qui nous attendaient, et mon cœur se serra.

Liv et moi n'étions, pour tout un tas de raisons, pas proches de nos familles. Nous nous contentions avec bonheur de la compagnie l'un de l'autre, de notre vie à trois. Parfois, quelqu'un y trouvait sa place, comme Ellie en son temps, comme Henry plus tard. Seule Laila pouvait être considérée comme une amie, mais même avec elle, nos liens s'étaient distendus. Nous étions retournés une ou deux fois lui rendre visite dans le Devon, mais nos vies étaient dorénavant trop différentes pour que nous ayons grand-chose à nous dire, et Liv n'était pas du genre à entretenir des relations amicales à distance. Ni même des relations familiales, d'ailleurs. Je n'avais vu ses parents qu'à quelques reprises, et sa sœur encore moins souvent. Ce n'était pas que Liv avait coupé les ponts, mais plutôt qu'elle s'était construit une existence où ils n'avaient pas vraiment de place, comme si leur rôle s'était achevé lorsqu'elle avait pris son envol.

De mon côté, mes « bizarreries » avaient fait de moi un solitaire dès mon plus jeune âge. Certes, mes frères et sœurs m'avaient toujours accepté pour ce que j'étais, sans se soucier de mes différences, mais malgré tout, elles nous avaient éloignés les uns des autres à l'âge adulte. Nous étions devenus des étrangers liés par le sang.

Voir grandir ma fille, jouer à la dînette avec ses petites amies, discuter avec ma femme d'un accord au piano, d'un opéra de Verdi, d'une teinte de maquillage idéale me comblait. Je n'avais pas besoin de plus.

Et c'est probablement parce qu'Henry ne nous demandait rien, et n'avait pas lui non plus besoin de nous, que nous nous entendions si bien. Nous ne nous devions rien.

Il termina son brandy, posa son verre sur la palette qui nous servait de table basse et se releva avec difficulté. Une fois arrivé au landau, il en sortit son paquet et défit à gestes lents le papier journal qui l'entourait. Une mâchoire d'âne fit son apparition. Une mâchoire impressionnante, dotée de ses dents qui semblaient sourire en un rictus démoniaque.

JE SUIS SORTI AUJOURD'HUI. Je m'étais mis en tête de trouver dans Paris une mâchoire d'âne pour pouvoir de nouveau en jouer. Hier, j'ai passé la journée à regarder des vidéos sur YouTube où l'instrument était roi. Sa sonorité s'associait pour moi à la rhubarbe et à une étrange mosaïque de carreaux de ciment, comme on en trouve dans les vieilles demeures provençales. Je me suis retrouvé hypnotisé par ces dents branlantes, par le jeu de mains sur cet os concave. Et peu à peu, le désir m'est venu de posséder une fois encore cet instrument étrange.

Dans la rue, je marchais à contretemps de mes contemporains. Ils allaient vite, avançaient en ligne droite, épaules rentrées, menton au cou, yeux au sol, fuyant les regards, cherchant à passer à travers les gouttes d'une énième averse. Et moi, tête haute, sourire aux lèvres, je semblais danser sur le pavé gris et luisant où se reflétait mon corps distordu par les flaques. Une drôle de musique occupait mon crâne. Une sorte de symphonie, où les divers cris des animaux de la savane auraient pris le pas sur les instruments à cordes. Un *Pierre et le loup* inversé ou, plutôt, le contraire même du célèbre conte musical. Et je sautillais en rythme avec les hurlements des hyènes et les barrissements des éléphants, porté par des images et des odeurs qui n'appartenaient qu'à moi. Car, dans cette savane, cela sentait étrangement la rose et l'échalote.

J'étais tellement pris par ce spectacle intérieur que j'ai fini par m'égarer. Je comptais rejoindre le quartier de la gare Saint-Lazare, où l'on trouve plusieurs antres de musiciens, mais j'ai fini par me retrouver, quand j'ai enfin rouvert les yeux sur ce qui m'entourait, place des Vosges. Les chances de tomber là sur l'instrument dont j'avais décidé de me rendre acquéreur quoi qu'il en coûtât étaient minces.

Soudain épuisé, je me suis affalé sur un banc. Il était humide et je n'ai pas tardé à avoir les fesses mouillées. Ça sentait le gasoil, la crotte de chien et le sable mouillé. J'étais prêt à pleurer.

Une vieille dame qui passait par là en traînant son Caddie, survivante de la boboïsation du quartier, ne s'y est pas trompée et, discrètement, a glissé une pièce dans ma main froide en m'offrant son sourire. J'ai répondu par automatisme d'un sourire embué et d'un merci tremblant. Mais sans bien comprendre son geste. Je me contentais de l'accepter, car qu'aurais-je pu faire d'autre ? Je ne m'étais pas seulement égaré, je m'étais perdu aussi en route. Je n'avais plus aucune idée de qui j'étais, ni où j'allais. Que faisais-je là ? Je finis même par ne plus reconnaître la ville autour de moi, étrangère à mon corps, auquel j'étais moi-même étranger.

Comme rien n'avait de sens, comme je ne savais même plus pourquoi j'étais sorti, je me suis remis debout en serrant fort entre mes doigts la pièce de ma bonne fée. À quoi aurait-elle pu me servir ?

En plongeant la main dans mon imper, j'ai rencontré une texture froide. La chose était cylindrique, métallique. À la lumière du jour, il m'a semblé la reconnaître. J'ai cligné des yeux à plusieurs reprises, à la même vitesse que le point vert qui s'allumait et s'éteignait sur un rythme lent et régulier sur l'un de ses côtés. Des larmes sillonnaient mon visage, la savane s'était tue. Seul le son de toute pureté du triangle résonnait.

Bien sûr, il serait fou de dire que Laïvely m'a ramené à la maison. Mais je n'arrive pas à expliquer autrement comment j'ai réussi à en reprendre le chemin. Ni même pourquoi je me suis donné ce mal. Car mon sentiment d'étrangeté, d'éloignement, d'incompréhension du monde autour de moi perdure.

Avant de passer le seuil, j'ai longuement étudié Alice et le lapin, tout en faisant jouer la porte du garage qui, bonne fille, a siffloté sa mélodie personnelle. J'ai cru me souvenir qu'Alice avait eu du mal à sortir du terrier, qu'elle grandissait ou que lui rétrécissait, je ne sais plus trop. Mais qu'elle avait craint d'y étouffer, jugée par les cartes, ce roi et cette reine cinglés. Je crois qu'il était aussi question d'un procès. Qu'il y avait d'autres cartes, qu'on criait. Alice avait-elle peur ou faisait-elle peur ?

J'ai hésité à entrer, l'idée d'être à mon tour dévoré par les lieux ne me tentant que faiblement. Puis j'ai haussé les épaules. Après tout, qu'avais-je de mieux à faire ? Laïvely a fredonné *Que sera, sera*, et j'ai fini par pousser la porte de la maison.

À son retour, Babette m'a trouvé planté comme un piquet dans l'entrée. Le regard rivé sur mon reflet dans le miroir face à moi, Laïvely à la main que j'étreignais comme si ma vie dépendait d'elle et qui semblait se plaindre en geignant doucement, l'imper encore gouttant et détrempé. Elle m'a appelé plusieurs fois avant de parvenir à me sortir de mon état cathartique. Et s'est effrayée car je ne paraissais pas la reconnaître, m'a-t-elle dit plus tard, une fois qu'elle m'eut lavé et couché.

Babette a donc pris les choses – ou plutôt moi – en main. Elle a réussi à me faire monter à l'étage, à me mettre dans un bain brûlant, à me faire boire un thé qui l'était tout autant, alors que je m'étais mis à claquer des dents nerveusement. Comme on calme un cheval rétif, elle m'a caressé longuement le bras, le cou, les cheveux, en me parlant à voix basse, en me racontant des je-ne-sais-quoi qui entraient par une oreille pour ressortir tout aussi vite par l'autre. Mais la mélodie de sa voix a suffi. Peu à peu, je suis revenu, j'ai retrouvé mon corps et mon présent. Mon passé aussi. Mon passé surtout, sous l'œil vigilant de Laïvely, posée sur le lavabo.

Je suis maintenant couché et me parvient du rez-de-chaussée le brouhaha d'une soirée ordinaire. La voix de Babette, celle, plus grave, de son fils qui achève sa mue. Lisa est silencieuse, ou ne parvient pas à se faire entendre jusqu'à l'étage. La vaisselle s'entrechoque, un verre frappe l'évier. La carafe glisse sur la nappe cirée, une chaise racle. Ils dînent.

Ma crise – car comment qualifier autrement mon absence de l'après-midi ? – a eu pour effet positif de briser la chape de silence dans laquelle nous étions en train de nous noyer, Babette et moi, entraînant à notre suite notre progéniture. Devant mon visage encore meurtri, mon air hagard, ma compagne s'est conduite en mère, en femme aimante et dévouée. Elle m'a soigné, réconforté, apporté toute la tendresse dont elle est capable. Elle a fait preuve de douceur, de compassion et, pour utiliser un mot à la mode, de bienveillance.

Nous ne parlerons plus de ma violence, de mes cris envers son fils. Nous ne parlerons plus de nos dissensions, de nos dissonances. Je le sais. Nous ferons comme si tout était réglé, alors que rien ne l'est. Et un jour, cette fausse note résonnera dans une composition bien huilée, venant briser l'harmonie retrouvée. Comme un coup de cymbale donné trop tôt et qui déstabilise tout l'orchestre. Comme une pincée de cannelle dans une tarte aux pommes pour laquelle la cuisinière aurait eu la main trop lourde.

Notre relation se fendille, et ses légères fissures menacent de devenir les failles qui nous engloutiront.

Sur ma table de chevet, Laïvely clignote doucement. Il me semble l'entendre fredonner une comptine enfantine, une de celles que Liv chantait à Lisa pour la consoler d'un gros chagrin, pour la conduire à la porte des songes. Mais je me méfie de mes sens, ne sais plus vraiment ce qui est le fruit de ma mémoire ou de l'observation de mon environnement.

Une odeur de verveine citronnée me chatouille les narines. Un baiser à la cerise semble se poser sur mes lèvres.

Lisa a eu peur de cette mâchoire, et Henry a dû la reprendre, à mon grand désespoir. J'étais sûr de pouvoir l'utiliser pour des compositions folles, originales, jamais entendues. Mais Lisa était plus importante que tout, et il n'était pas question de lui faire croire que la chose avait quitté la maison si elle y demeurait cachée quelque part.

Liv avait pris du poids, ce qui lui allait bien. Elle avait troqué ses tenues des années 1970, ses jupes longues et ses gilets colorés pour un uniforme plus sage, pantalon noir, en velours l'hiver, en toile de coton l'été, chemisier blanc, à manches longues ou courtes selon la saison, et ballerines plates Repetto. Ses cheveux, aussi, étaient désormais domptés, la barrette de tante Agathe les retenant sagement en place.

Elle avait pris du galon et gérait toute une troupe de jeunes maquilleuses et costumières, ne mettant plus que rarement la main à la palette elle-même. Elle s'était découvert une nouvelle passion pour les infusions et buvait des verveine-menthe, des thym-réglisse et autres mélanges plus épicés, qui embaumaient la maison dès son retour.

Je la trouvais belle. Toujours si belle. Et désirable. Malgré tout, notre couple, que nous avions cru immunisé contre la lassitude du temps, ne connaissait plus de ces emballements qui en avaient été les fondations pendant de si nombreuses années. Liv, parfois, s'emportait, perdait patience pour des broutilles. Des petites choses ridicules, une théière mal rincée, ou la page cornée d'un livre. Son ton devenait plus grinçant. Elle lançait des phrases vives, gutturales, poussait un grognement, puis quittait la pièce pour y revenir quelques minutes plus tard, souriante, la caresse à portée de doigts. Je ne faisais pas trop cas de ses sautes d'humeur. Je les savais éphémères et n'avais pas compris alors que la théière, le livre cachaient une insatisfaction plus grande, qu'elle était incapable d'exprimer.

Liv s'était fait une amie, Ranya, avec qui elle sortait régulièrement et qu'elle retrouvait un soir par semaine pour un cours de yoga. De mon côté, je voyais souvent Henry, passais des heures au téléphone avec David qui continuait à réparer tout et n'importe quoi, et m'étais même mis à fréquenter la British Library, où j'empruntais des ouvrages au petit bonheur la chance pour le simple plaisir de passer quelques heures dans l'une des grandes salles de travail à regarder les autres lecteurs et à analyser le ballet des archivistes. Souvent, à l'heure du repas, je m'offrais à déjeuner à la cafétéria des lieux et, si nous étions trop nombreux, me retrouvais à partager ma table avec des étudiants, des professeurs, des passionnés d'Henri VIII ou de Marie Stuart, d'art contemporain ou de la Rome antique. Parfois, nous parlions. Parfois, je les écoutais discuter.

Il y avait là des gens de tous âges, de tous horizons, et certains traversaient même la Manche pour une ou deux journées de travail sur les documents disponibles en salle de lecture.

Un jour, je conversai avec Ryan, passionné de cuisine à la cour d'Élisabeth Ire. La semaine suivante, j'appris tout ou presque de la bouche de Mary sur les bienfaits de la lavande. Il y eut aussi Jack, Maddie, France, Thomas, John, Lisbette, et bien d'autres, pour m'éclairer sur la physique quantique, la fonte du permafrost, les trous noirs, la poésie au temps de Shakespeare et tant de sujets dont je ne retenais rien.

Ces rencontres, furtives et qui ne donnèrent jamais naissance à des amitiés durables ni même éphémères, me permettaient en tout cas de faire croire à Liv que, moi aussi, je n'étais plus seul. Ou plutôt que, moi aussi, j'élargissais cette bulle où nous nous étions complu à deux, puis à trois, et que je prenais plaisir à le faire.

Je sentais Liv rassurée par mes ragots de salle de lecture, comme s'il était primordial que nous suivions le même chemin, chemin dont j'étais persuadé qu'il ne servirait qu'à nous éloigner l'un de l'autre, tout comme j'étais persuadé qu'il ne servirait à rien de le lui faire remarquer.

Je jouais le jeu. Par amour d'abord, puis par réelle curiosité ensuite. Je n'aurais jamais cru que mes contemporains puissent s'intéresser à des sujets si divers au point d'y consacrer des journées entières et même, pour certains, une vie. J'étais surtout fasciné par le mélange d'odeurs et de couleurs que leurs mots faisaient naître en moi, sensations que je tentais avec plus ou moins de bonheur de retranscrire sur mon piano le soir venu. Je découvrais le pouvoir des jacinthes et des lis quand leur parfum s'unit à celui des pommes du Canada passées au four et couvertes de sucre roux. Je savourais le bleu pétrole associé au son du djembé. Je me laissais entraîner à rêver sous des senteurs d'orangers en fleur auxquelles se mêlait le goût d'un tajine d'agneau aux pruneaux et aux amandes.

De tout cela finit par émerger une symphonie étrange et douce, scandée par des accents de tambour plus violents. Et qui me valut un succès étonnant.

JE COMMENCE À ME RECONNAÎTRE DANS LES MIROIRS, QUAND J'EN CROISE. Mon nez a dégonflé, et un unique œil au beurre noir est là pour me rappeler l'incident du placard. À la maison, depuis une dizaine de jours, l'ambiance est plus calme, plus apaisée. Je ne sais si nous nous trouvons dans l'œil du cyclone, ultime paix avant que les éléments ne se déchaînent de nouveau, ou si la tempête est bel et bien dernière nous. Et je ne cherche pas à connaître la réponse. Je profite de cette période pour sortir un peu plus, cherchant, peut-être inconsciemment, l'inspiration qui me fuit depuis si longtemps.

Le temps, lui aussi, a changé, en harmonie avec la vie au Terrier. Le soleil est plus franc, plus gai. Les bourgeons éclosent. Les platanes se sont, du jour au lendemain, couverts de feuilles d'un vert éclatant. On se croirait soudain dans une comédie musicale des années 1960, et je m'attends un jour ou l'autre à croiser Fred Astaire en train de répéter un numéro de claquettes sous le réverbère au bout de la rue.

Laïvely semble à l'unisson. Elle est redevenue normale, ou, en tout cas, je ne perçois plus chez elle la moindre étrangeté. Elle répond à mes questions, diffuse du Satie quand je lis, m'informe de la température quand je m'apprête à sortir, me rappelle de prendre mon Doliprane quand l'heure en est venue. Sa voix ne contient pas la moindre trace d'émotion, ses voyants sont au vert. J'en viendrais presque à croire que j'ai rêvé sa méchanceté des semaines précédentes, sa perversité, même.

Téo continue à manger comme un goret et à se laver le moins possible, Lisa reste égale à elle-même, souriante, silencieuse, tendre. Le soir, avant de s'endormir, elle caresse du pouce la couverture de sa mère. Je suis retourné hier avec elle aux Buttes-Chaumont, ça sentait la barbe à papa et les gaufres, les enfants criaient en faisant du vélo, les mères souriaient en surveillant les plus jeunes qui s'ébattaient dans un bac à sable. L'ambiance était printanière, bucolique, sereine. Un Paris de carte postale. On a mangé une crêpe au sucre et au citron, on a bu une limonade, Lisa m'a remercié d'un sourire constellé de petits grains blancs qui ressemblaient à des flocons et nous sommes rentrés à la maison en nous tenant par la main.

Ce matin, dans mon studio, j'ai écouté ma *Symphonie BL*, celle que j'avais écrite après mes semaines passées à la British Library. J'y ai trouvé quelques défauts de composition, rien de très grave. Ce qui l'était plus, c'est qu'elle n'a fait naître en moi aucune émotion. Rien. Ni parfum ni couleur, tout restait d'un gris colombe neutre autour de moi. J'en ai déduit que je n'étais pas encore tout à fait guéri. Qu'il me faudrait peut-être me mettre à travailler, alors que jusque-là je n'avais été qu'inspiré.

Cela fait donc deux heures que je fais des gammes. Les notes montent au rythme de mes doigts sur les touches. Mais je n'entends que le silence dont elles s'entourent. Techniquement, je n'ai rien perdu, le geste est toujours là, ample, posé, vif quand il le faut. Mais tout le reste a disparu.

On frappe légèrement à ma porte.

– Stan ?

Je me fige. Le rouge envahit mon champ de vision. Un rouge sang. Un rouge synonyme de violence, de meurtre, de douleur et d'agonie.

Nouveau coup.

– Stan ?

Babette insiste. N'a-t-elle donc pas compris qu'il était interdit de m'interrompre quand je jouais ? Ne le sait-elle pas ?

Je l'ignore et continue de marteler les notes à travers ce voile de sang qui cache à mes yeux la pièce, le piano, la vie.

Le bruit distinctif de la poignée qu'on tourne me vrille les tympans. J'appuie plus fort sur les touches, accélère mon jeu. Je ne risque rien, je verrouille toujours. Je souffle à Laïvely de lancer *Aïda*, la marche des trompettes. La musique s'élève, dans une interprétation donnée à la Scala de Milan. Une de mes préférées. J'y étais. Début des années 2000. Une mise en scène somptueuse, à la démesure de l'opéra même. Liv subjuguée à mes côtés, me retirant sa main pour la plaquer sur son cœur emballé. La veine de son cou qui pulsait. Les larmes d'émotion qui mettaient des perles à ses yeux.

Le chœur des esclaves de *Nabucco* aurait été sûrement un choix plus judicieux. Ce que Laïvely semble penser elle aussi, car voilà que le chant des esclaves pleurant leur patrie perdue s'élève à son tour. Et mes larmes coulent au rythme de leur plainte, noyant tout ce qui n'est pas ma douleur.

Je n'entends plus la voix de Babette, la poignée qui grince, je n'entends plus rien d'autre que l'opéra qui résonne, la souffrance du chœur qui fait écho à la mienne. Une vague odeur de terre chaude, presque brûlée par le soleil, me monte aux narines tandis que mon studio se pare des couleurs du feu.

Et je ferme les yeux, sauvé et anéanti à la fois.

LONDRES

Le succès est une chose étrange. Dieu merci, celui des compositeurs reste plus confidentiel que celui d'une star du cinéma. Je n'en étais pas à être reconnu dans la rue, mais en revanche, le téléphone n'arrêtait pas de sonner : journalistes de la presse spécialisée, directeurs d'Opéras petits et grands, autres compositeurs, hommes de théâtre, de musique, de lettres, et femmes aussi.

Liv était aux anges. Nous sortions plus ensemble, et elle moins avec Ranya. Nous renouions avec le monde connu grâce à Ellie, mais y entrions cette fois par la grande porte. Certains de ceux qui m'invitaient maintenant à dîner ne reconnaissaient pas en moi le jeune type qui, quelques années plus tôt, animait à leur piano leurs cocktails mondains. Ils avaient oublié jusqu'à notre nom. Liv et moi, nous riions de ces situations un peu ridicules, quand je devais faire le baisemain à une dame couverte de bijoux, des rides qu'on aurait dites laquées à son visage tant elles bougeaient peu, le sourire de circonstance aux lèvres, dame qui avait oublié que cette même main m'avait tendu une discrète enveloppe remplie de billets pour ma prestation d'alors.

Là où elle était, Ellie riait sûrement aux éclats de nous voir ainsi. Elle aurait adoré ce nouveau coup de pouce du destin. Et s'en serait sûrement accordé le mérite, avec cette mauvaise foi caractéristique de ceux qui ont besoin pour vivre de briller au centre de leur cercle.

Nous sortions donc souvent. Nous nous retrouvions dans les salons de Chelsea et de Kensington, dans de belles demeures cossues ou de grands appartements modernes qui offraient une vue à couper le souffle sur la Tamise. On me demandait quels étaient mes projets. On s'intéressait rarement à ceux de Liv qui, pourtant, était loin d'être une inconnue dans sa partie. Mais il est des habitudes qui ont la vie dure, et dans ce monde-là, finalement, la seule qui aurait eu le droit de briller au point d'éclipser le pouvoir des hommes présents aurait été Sa Majesté même.

Nous rentrions tard. À pied, souvent, retrouvant le plaisir de nos marches des premiers temps de notre amour. Liv avait conservé sa démarche légère de ballerine, malgré sa prise de poids. Je me calquais sur son rythme, la tenant par le bras. Nous traversions Hyde Park pour rejoindre Bayswater Road, puis notre quartier de Paddington. Le parc était calme, je l'aimais à n'importe quelle heure du jour ou de la nuit. Comme j'aimais voir Liv imiter un convive manquant de finesse dans son analyse de la musique, l'accent d'un autre si snob qu'il en devenait caricatural, ou la manière de battre des paupières d'une *trophy wife*, car dans ce milieu, comme tant d'autres moins aristocratiques mais où l'argent coulait aussi à flots, on n'échappait pas au phénomène. Elle fredonnait parfois en chemin un air de Piaf, qui avait alors ses faveurs. Et il nous est arrivé, un soir d'ivresse, de nous mettre à danser dans une contre-allée plus sombre, Liv dans son pantalon noir, une mèche rousse caressant son visage, et moi, mon sempiternel foulard autour du cou, l'enlaçant, la serrant fort contre moi, sachant que je vivais là de ces instants de bonheur qui ont le pouvoir de nous faire souffrir de leur absence au moment même où leur plénitude ravit notre cœur.

Henry, le plus souvent, nous servait de baby-sitter. La passion que lui portait Lisa ne se démentait pas. Elle lui avait pardonné la mâchoire d'âne, comme elle lui pardonnait de trop faire griller ses toasts et d'y étaler de manière inégale le beurre et la confiture dont elle était friande. À notre retour, elle dormait déjà, Henry somnolait sur le vieux canapé, un livre ouvert sur les genoux. Il les prenait dans notre bibliothèque. Il disait que les livres d'une maison racontaient tous les secrets de ses habitants. Qu'ils abritaient leurs rêves, leurs espoirs déçus, leurs voyages et leurs amours. Qu'apprenait-il sur nous à feuilleter Maupassant, Dostoïevski, Malraux, Pasternak, Iris Murdoch, Agatha Christie ou encore Nick Hornby ? Avait-il découvert, cachée derrière nos assiettes en porcelaine de Limoges, notre réserve de romans policiers américains ? Préférait-il les contes et légendes qui ornaient le coin de chambre de Lisa ? Il ne nous en a jamais rien dit. Mais à certaines de ses remarques, j'ai pu me rendre compte combien il avait vu juste. Nos romans lui parlaient bien de qui nous étions, de nos tempéraments et de nos coups de foudre.

Liv le saluait d'une bise sur une joue, lui tapotait le bras puis montait se coucher, nous laissant seuls. Nous nous servions un verre de brandy pour lui, de gin ou de rhum pour moi, et la soirée se poursuivait en discussions inutiles, de celles qui se passeraient de mots, tant la fatigue vous fait tourner la tête, tant la nuit est déjà avancée.

Il n'était pas rare qu'Henry ne parte qu'au petit jour. Je restais alors seul debout dans le salon, à tenter d'apercevoir un soleil timide se lever sur la ville. J'écoutais le silence empli de la présence de ma femme et de ma fille, ayant parfois l'impression que leur souffle me parvenait depuis la chambre. Durant ces heures bénies, où dans une fulgurance on mesure le poids de son bonheur, tangible, je vivais pleinement. Tout était alors à sa place. Couleurs, odeurs et sons en harmonie. Et de nouvelles compositions prenaient forme en moi.

Je n'avais rien d'autre à faire qu'à les coucher sur une portée, comme on borde un enfant sage. Tout était alors si facile.

À TABLE, BABETTE FAIT SEMBLANT DE RIEN.

– Tu peux me passer le sel ?

– Bien sûr.

Téo évite mon regard, le nez dans ses nouilles. Babette a mitonné un wok de pâtes aux légumes croquants.

– C'est délicieux.

– Merci.

C'est vrai, c'est délicieux. La touche de sésame casse un peu l'ensemble, je n'en aime pas vraiment ni le goût ni la consistance, mais qu'importe.

– Au fait, finit-elle par dire, je suis venue frapper à ta porte tout à l'heure, mais je ne crois pas que tu m'aies entendue.

– Ah bon ? Oui, pardon, effectivement.

– Le camping des Flots a rappelé. Ils ont un désistement de dernière minute. Un bungalow s'est libéré. Du coup, j'ai dit que nous le prenions.

– Hum, hum.

Je mastique un brocoli récalcitrant. La nausée me prend.

– En fait, précise-t-elle, occupée à empiler poivrons verts et courgettes sur sa fourchette, le bungalow est le plus petit.

Comme tu n'avais pas l'air emballé à l'idée de ces vacances, je pars seule avec Téo.

Elle finit par redresser la tête, cherche mon regard. Dans le sien, un air de défi affronte une certaine tristesse. Je n'ai pas envie de savoir lequel l'emportera.

– Je suis désolée, mais tu ne répondais pas. Ils attendaient au téléphone que je me décide.

Je tente de sourire. Je suis sûr qu'on voit trop mes dents. Un rictus. Une mâchoire d'âne figée dans un braiment silencieux.

– Mais tu as bien fait, évidemment. C'est une bonne idée.

La chaise de Téo racle le sol, il quitte la cuisine en marmonnant un vague « j'ai des devoirs ». Lisa reste à sa place, silencieuse comme toujours. Mais je la sens inquiète. Elle est sensible à la moindre variation dans l'atmosphère. J'évite pour autant de poser ma main sur la sienne pour la rassurer. Je sais que le geste serait mal perçu par ma compagne. Elle a besoin de toute mon attention, que je reste concentré sur les messages qu'elle m'adresse par ses paroles, ses regards et le moindre de ses silences. Les mots deviennent des chausse-trappes dangereuses. Des mines antipersonnel au pouvoir assassin. Le silence ne vaut pas mieux.

Les épaules de Babette semblent s'affaisser légèrement. Déception ou soulagement ? Je ne tiens pas à connaître la réponse, pas maintenant, pas tout de suite. Pour autant, j'avais bien conscience que je ne m'en tirerais pas comme ça. Que c'était trop facile. Qu'il y avait des choses qu'une mère ne pardonnait pas. Nous avons traversé une dizaine de jours sous des vents favorables, mais la décision que Babette vient de prendre, et contre laquelle je ne m'élève pas, est un écueil qui ouvre une voie d'eau au potentiel meurtrier. A-t-elle, sur un coup de tête, par provocation, répondu oui au camping, sachant très bien que j'étais derrière ma porte et avais tout simplement choisi de l'ignorer ? Sa colère contre moi a-t-elle des racines plus profondes, que chacun de mes gestes nourrit ? Ou respire-t-elle mieux à l'idée de passer ses vacances en tête à tête avec son fils ? Ils ont leurs codes, leurs souvenirs, leur manière d'être à deux, et, au bout du compte, Lisa et moi sommes autant des éléments perturbateurs dans cette équation qu'ils ont le sentiment de l'être en habitant le Terrier.

Je me ressers alors que je n'ai plus faim. Au moins, personne ne me demandera de parler la bouche pleine. Je ne vais évidemment pas pouvoir passer les jours jusqu'à leur départ à m'empiffrer, mais pour le moment, je ne vois pas d'autre solution pour mettre un terme à la discussion. Babette n'est pas dupe. Elle m'offre un pauvre sourire en débarrassant son assiette, Lisa portant la sienne à l'évier.

Toutes deux quittent la pièce, m'abandonnant seul face à ma montagne de brocolis. J'en ai au moins jusqu'à demain.

Je suis allé fumer une cigarette en cachette dans le garage. Lisa est couchée, Babette, devant la télévision, regarde une série quelconque sur Netflix. J'ai prétendu être à la recherche d'un tournevis. Je crois qu'elle se fiche bien de savoir ce que je trafique là.

J'ai glissé Laïvely dans ma poche. Elle diffuse en sourdine un extrait de *My Fair Lady*. Je fredonne l'air en même temps. Je ne pense à rien, tout en tirant sur ma clope.

Son bout incandescent m'hypnotise. Il flamboie, grésille. J'aime ce son, cette lueur, plus que le goût même du tabac sur ma langue. Il faudrait que j'essaie de le réécrire, de lui donner des notes, une autre consistance, une saveur plus douce. Oui, il faudrait.

LONDRES

Ce fut durant cette période en Technicolor où le bonheur se passait de mots que j'appris la mort de tante Agathe et son legs. Un temps, nous envisageâmes d'en profiter pour une visite de Paris et de la France en famille, Lisa n'y ayant jamais mis les pieds, avant de renoncer. Liv avait beaucoup de travail, et les vacances scolaires n'arriveraient pas avant encore un moment.

Je partis donc seul pour Paris, un rapide aller-retour histoire de régler toutes les formalités liées à la maison.

Je n'avais jamais vraiment aimé la ville, où je n'étais venu que pour rencontrer des médecins et fréquenter leurs cabinets ou des services pédiatriques plus ou moins inhospitaliers.

Le notaire se trouvait près de la place de l'Odéon. Une fois les papiers signés, je me promenai dans le jardin du Luxembourg, regardai voguer quelques bateaux dans ses bassins, observai des pigeons dodus qui se dandinaient dans ses allées, avant de ressortir du parc par le portail menant à Saint-Germain-des-Prés et de m'engouffrer dans le métro pour rejoindre la maison.

Devant la grille, je fus assailli par un étrange sentiment de familiarité. Il me sembla sentir la main de ma mère tenant la mienne, et son parfum me revint en mémoire. De tante Agathe me restait le souvenir d'une femme généreuse, sentant bon les gâteaux tout juste sortis du four, et dont le rire perlé ricochait sur les murs du salon. Dans mes yeux d'enfant, elle était une vieille dame, alors qu'elle devait à peine avoir dépassé le milieu de la quarantaine lors de notre dernière visite. Elle s'était toujours montrée douce et attentionnée à mon égard, sans faire preuve de plus de curiosité que cela face à l'enfant que j'étais, cet enfant silencieux dont le monde intérieur était peuplé d'odeurs, de couleurs et de sons si particuliers. Je me demandais encore ce qu'elle avait perçu en moi qui l'avait poussée, bien des années plus tard, à me faire don de cette maison et, par là même, d'une partie de sa vie.

Je pénétrai dans un couloir sombre et poussiéreux. La maison parut soupirer, fatiguée à l'avance par cette intrusion. Ce fut sur la pointe des pieds, comme soucieux de la déranger le moins possible, que j'arpentai les pièces du rez-de-chaussée, à la recherche d'un indice expliquant cet héritage, d'une trace d'Agathe et de sa fille, ne cessant de m'interroger sur ce que ma tante, réellement, avait souhaité m'offrir au-delà de ces murs et de ces planchers.

Je crus avoir trouvé la réponse lorsque j'ouvris la porte du garage et qu'elle émit ce son qui n'appartenait qu'à elle et qui m'avait tant ravi enfant. J'en jouai un moment, les yeux fermés, retrouvant le goût des moules frites, des churros au chocolat et du thé vert que toujours ce bruit m'avait évoqués. Là, brusquement, je cessai d'être un homme pour redevenir le petit garçon d'alors, ébloui par ces notes qu'aucun instrument ne pourrait jamais restituer. Agathe avait-elle compris avant tout le monde que la musique serait ma rédemption et mon salut? Étaient-ce ces quelques notes qu'elle me léguait? Ces notes ou leur potentiel ? Était-ce là la clé du Terrier, le chemin à emprunter pour trouver un univers plus à ma mesure ? Le mystère resterait entier. Quant aux sentiers offerts par la musique, je les arpentais depuis maintenant plus de deux décennies, et ils m'avaient en définitive délivré de l'enfant étrange que j'avais été.

Dans sa chambre, sur sa coiffeuse, une barrette rose retint mon attention. Je n'avais pas souvenir de l'avoir vue la porter. Je m'en saisis, la retournai entre mes doigts avant de l'enfouir dans ma poche. Elle serait un cadeau pour Liv, se marierait à la perfection avec le roux de ses cheveux.

La chambre de ma cousine n'avait pas changé depuis ma dernière visite. Figée dans le temps, mausolée consacré à une vie interrompue trop tôt, elle sentait encore le Cacharel dont Élisabeth adorait se parfumer avant d'enfiler ses chaussons de danse et de me faire une démonstration de son talent. Les pointes, d'ailleurs, gisaient à côté de son lit sage, comme si elle venait juste de les retirer. Au mur, des posters de David Hamilton, des citations de Baudelaire, des photos de vacances, tout l'univers d'une adolescente, avec ses secrets étalés au grand jour, ses rêves et ses espoirs. Sur le lit, une vieille poupée trop aimée, à la chevelure éparse, à la robe rose trouée, au gilet tricoté main que le temps avait effiloché. Je ressortis de la pièce empreint d'une tristesse accablante et renonçai à pousser plus loin mon inspection.

Dans l'Eurostar du soir, en chemin vers Londres, je jouai avec la barrette un moment. Puis le bonheur à venir de retrouver mon foyer, ma femme et ma fille prit le dessus sur les sentiments qui m'avaient animé toute la journée. Au fil des kilomètres, je remisai une fois de plus mon enfance, la France et ma famille dans un recoin de mon cœur et de ma mémoire, ne souhaitant plus m'y attarder. Non pas que j'aie été malheureux durant ces années, loin de là. La vie à la ferme était simple et emplie d'amour. Mais le Stan d'alors n'était plus, et depuis longtemps. Et si je le croisais maintenant, je n'étais pas sûr qu'il me plût vraiment. Son étrangeté m'était devenue étrangère. Je m'étais construit autrement, non pas sur les fondations posées durant ma jeunesse, mais sur celles que j'avais établies depuis mon arrivée à Londres. Ce que j'étais n'était pas le prolongement de ce que j'avais été. Non. Je n'avais dorénavant plus rien en commun avec ce Stan-là, et c'était ce que ce voyage à Paris m'aurait appris. Agathe s'était trompée, je n'avais pas grandi en apprivoisant et en maîtrisant mes différences. J'étais devenu mes différences. Et un homme heureux. Autant qu'on puisse l'être.

JE N'AI VU PERSONNE CE MATIN. J'ai fait semblant de dormir, je ne peux pas continuer à bâfrer pour éviter la conversation. Bien sûr, du coup, j'ai raté Lisa, mais je me rattraperai ce soir.

Quand je finis par descendre à la cuisine, la maison est silencieuse, excepté le doux ronron de Laïvely. Car oui, elle ronronne, dans des moments très particuliers où elle semble comblée. C'est rare. Et d'ailleurs, peut-être que j'entends ce léger bourdonnement uniquement quand le silence autour a une qualité extrême. S'il était peinture, il serait du blanc polaire, et s'il était musique, une note si aiguë qu'elle en deviendrait inaudible.

La première fois que j'ai remarqué ce petit bruit de gorge chez Laïvely, je n'y ai pas prêté attention.

Ma sœur nous avait quittés depuis quelques semaines, deux ou trois mois, tout au plus. Lisa retrouvait le goût de rire et des petites joies quotidiennes, les teintes de mon univers reprenaient une pâleur tendre qu'elles avaient perdues des mois plus tôt.

Parfois, notre harmonie était telle qu'on aurait pu croire que nous avions toujours vécu ainsi : le père barbu, un peu bougon, mais du rire dans les yeux; la fillette, à l'allure d'un jeune faon, en équilibre précaire entre le monde de l'enfance et celui qui ferait d'elle une femme; et le robot étrange, devenu plus indispensable que n'importe quel animal de compagnie au cœur battant et à la truffe humide.

Laïvely, d'une certaine manière, avait non seulement la voix de Liv, mais tenait aussi son rôle auprès de nous : elle nous conseillait, nous mettait en garde, nous surveillait avec bonté et tendresse, ses capteurs de chaleur ne laissant pas passer grand-chose de nos allées et venues. Si Lisa ne s'était pas coiffée avant de partir au collège, elle l'interpellait de l'entrée, d'un « On ne sort pas de la maison sans avoir les dents et les mains propres, les cheveux brossés, les vêtements impeccables, jeune fille ». Le tout prononcé sur un ton de vieille institutrice revêche, comme Liv savait si bien l'imiter. Lisa faisait alors demi-tour en bougonnant, remontait l'escalier en tapant du pied jusqu'à la salle de bains, et tirait la langue à Laïvely en repassant devant elle, cette dernière lui lançant un *« lovely »* tout britannique. Ces répliques, dans ce qu'elles avaient de rituel, scandaient tous les matins de la semaine, et Lisa prenait un malin plaisir à ne jamais se coiffer avant de descendre, afin qu'ainsi Laïvely ne se trompe pas dans son pronostic algorythmique : qu'une enfant presque ado ne prenne pas le temps de se passer un peigne dans les cheveux le matin avant d'aller au collège avoisinait les quatre-vingt-dix-huit pour cent de chances. Le temps des heures passées dans la salle de bains, du gel, du parfum et du maquillage n'était pas encore arrivé.

Quant à moi, si j'avais le malheur de me servir un verre de trop, un « tss-tss » réprobateur montait de l'appareil, et en fermant les yeux, je n'avais aucun mal à m'imaginer les doigts fins de Liv repoussant en arrière une mèche de mes cheveux.

La maison n'était pas alors redevenue gaie, non. Jamais l'atmosphère de notre *mews* ne nous serait rendue. Il y avait eu trop de deuils, trop de peine depuis. Sans parler de notre déracinement, car comment nommer autrement ce passage de la Manche, ce retour pour moi dans un pays qui m'indifférait, et cette découverte du sien pour ma fille qui n'y avait jamais mis les pieds auparavant ? Quoi qu'il en soit, nous retrouvions un équilibre, bercés par les Beatles, et Piaf, toujours, cette Piaf qui avait tant enchanté mon épouse et dont, un moment, elle avait adopté l'allure et les vêtements. Nous le devions à ma sœur, bien sûr, et, il faut bien le reconnaître, à Laïvely.

Je grignote une tartine, sans entrain. Face à moi, ladite Laïvely clignote doucement. Elle a cessé son ronron. Pour autant, sa présence me calme et m'apaise.

– Tu te souviens, ma belle, le soir, quand Lisa prenait son bain ?

Le ronron reprend. Oui, Laïvely se souvient. Le bruit de cascade de l'eau dégringolant dans la baignoire, les cris de ma fille quand elle y plantait avec délicatesse un orteil, la trouvant toujours soit trop froide, soit trop chaude, les rires et les éclaboussures. En moi, les images se mêlent, je ne sais plus si elles me viennent de Londres, de nos jeux autour de la baignoire en plastique posée au milieu du salon dans laquelle notre petite fille faisait semblant d'apprendre à nager, ou du Terrier, de ces semaines où la vie avait repris le dessus. Liv et Laïvely ne forment plus qu'une dans mon esprit, ne sont plus que tendresse et amour, attention et douceur.

Je pose la tête sur la nappe cirée. Et me mets à pleurer.

LONDRES

La vie aurait pu continuer ainsi toujours. Nous aurions eu un fils. Il se serait appelé Arthur, avions-nous déjà décidé. Arthur, comme le roi du même nom. Un personnage qui nous plaisait à tous deux. Et puis, on ne peut décemment pas baptiser son fils Merlin. Pourtant, Dieu sait que ça aurait eu de la gueule, un petit Merlin. Il aurait excellé en sciences physiques, bien sûr. Aurait été passionné par Harry Potter. On en aurait discuté durant des heures, analysant chaque personnage, donnant notre avis sur notre préféré, avant d'en changer au volume suivant. On serait allés dans toutes les gares de la capitale, à la recherche du quai menant à l'express pour Poudlard. Car il était évident que J. K. Rowling avait brouillé les pistes. Le train ne partait sûrement pas de King's Cross.

On aurait boudé le musée d'Harry pour préférer battre la campagne à la recherche d'indices sur tous les lieux où il était passé. On aurait commenté l'attitude d'Hermione face à Ron. On aurait cru reconnaître Dumbledore mille fois, à une barbe, à des doigts crochus, à un regard croisé en ville.

Arthur jouerait du piano, mieux que moi encore. Doué d'une oreille musicale sans précédent, il interpréterait des opéras sans en avoir jamais lu la partition. *Nabucco*, peut-être, serait son préféré. À moins qu'il ne se lance dans la composition de musiques de films.

L'adolescence aurait été turbulente, mais dans des limites supportables pour lui comme pour nous. Un joint ou deux, une cuite à la bière, mémorable, les filles. Jusqu'à celle qui ravirait son cœur. Une rousse timide, amatrice de chevaux.

Installé en Cornouailles, le couple vivrait une existence paisible, seulement interrompue par les voyages à l'étranger d'Arthur, parti à un festival de films ou à un autre, pour aller y chercher une nouvelle récompense.

Lisa serait restée proche de lui, au point de passer de longs séjours dans sa demeure campagnarde, la complicité entre eux jamais démentie. Elle aurait été la première à le voir marcher sans aide, la première à lui apprendre à faire du vélo, la première à recueillir ses confidences et ses rêves d'enfant.

Oui, nous aurions eu un fils, et puis peut-être encore un enfant. De ceux qu'on n'attend plus et dont l'arrivée surprend. Ils occupent alors une place à part, comme la possibilité d'une nouvelle rédemption, une chance de réussir cette fois ce qu'on a raté avec les précédents. Liv savourerait cette grossesse, sachant qu'elle serait la dernière. Elle mangerait des Chamallows roses, alanguie sur le canapé de plus en plus défoncé par le passage des ans et des habitants de la maison. Lisa et Arthur ne parleraient plus d'adopter un animal de compagnie. Lisa serait grande déjà, partagerait cette grossesse avec sa mère, curieuse, petit bout de femme qui serait la prochaine à expérimenter une telle chose dans notre famille. L'intimité entre elles, ces histoires de ventre, nous excluraient un peu, Arthur et moi. Nous en prendrions notre parti, irions nous promener longuement sur les bords de la Tamise, pour discuter « entre hommes ».

Qu'importe que ce petit fût un garçon ou une fille. Et qu'importent ces divagations.

Même si c'est ainsi que je voyais notre futur, lorsque, penché sur mon piano, j'inventais de nouvelles mélodies au goût de framboise et couleur pêche, je n'en parlais jamais avec Liv. Elle avait probablement ses propres rêveries. Mais il me plaisait de croire que nous partagions celle-là, et que seule la pudeur dont s'accompagnent les sentiments les plus forts nous empêchait d'en discuter de vive voix.

Oui, la vie aurait pu continuer ainsi. Derrière les vitres à petits carreaux de notre maison, nous aurions été heureux jusqu'à la fin des temps.

J'ai encore pris la porte du placard dans le nez.

Hier, j'ai fini par avaler un verre de whisky avant le déjeuner. Ce qui ne m'était pas arrivé depuis bien longtemps. Le breuvage m'a brûlé la gorge, fait monter les larmes aux yeux. J'ai toussé. Sa chaleur s'est alors répandue en moi, une chaleur familière et démoniaque à la fois. J'ai frissonné. Puis souri.

J'étais accoudé à l'évier. La porte du placard est venue s'écraser sur mon visage. Moins violemment que la première fois, mais tout de même.

J'ai poussé un cri de douleur, auquel un ricanement mauvais m'a semblé faire écho. Sans perdre de temps à évaluer les dégâts, je me suis mis en quête de Laïvely. Où est-elle passée ?

Elle clignotait sagement sur ma table de nuit, l'innocence personnifiée. Que la peste soit de l'électronique. Je l'ai foudroyée du regard, menacée de lui retirer tous ces petits fils de couleur qui faisaient d'elle un être abominable, puis ai quitté la pièce en claquant violemment la porte derrière moi.

Dans la salle de bains, le miroir me renvoyait une image peu flatteuse de moi-même. Hirsute, le foulard en bataille, le nez de nouveau de travers et rouge. Un vrai pif d'ivrogne caricatural. Digne de figurer dans les journaux satiriques de l'entre-deux-guerres. Avec un petit air d'accordéon pour accompagner le tout, l'odeur des marrons grillés venant se mêler à celle des eaux glauques du canal de l'Ourcq, le tout en noir et blanc.

J'ai ri jaune. Atmosphère, est-ce que j'ai une gueule d'atmosphère ? Si oui, elle était bien minable, cette atmosphère, elle sentait la pisse de chat mâtinée de relents de choux de Bruxelles.

Je me suis badigeonné d'arnica, puis, assis sur le rebord de la baignoire, j'ai tenté de remettre de l'ordre dans mes idées, encore embrumées par l'alcool et le coup reçu.

J'ai fermé les yeux pour mieux me concentrer, mais ça n'a eu pour résultat que de me donner l'impression d'être sur un rafiot en plein Atlantique. Je les ai rouverts, la pièce tournait lentement autour de moi. À condition de ne pas fixer mon regard trop longtemps sur quoi que ce soit, j'arrivais encore à gérer la situation. Une vague de fatigue s'est alors abattue sur moi, et, pris de bâillements irrépressibles, j'ai fini par rejoindre mon lit.

Je ne me suis réveillé qu'en entendant Babette et Téo discuter dans la cuisine. Il faisait presque nuit. J'avais été absent au monde une bonne partie de la journée.

J'ai donc remis au lendemain mon désir de comprendre et de maîtriser ce qui se passait chez moi, en moi.

Le lendemain, c'est aujourd'hui.

Le printemps a enfin décidé de s'exprimer pleinement. Les oiseaux gazouillent dans l'orne du jardin. Deux tourterelles roucoulent, posées sur la gouttière. L'air est chaud, les lumières sont vives. Paris a revêtu ses plus beaux atours. Ce qui m'indiffère. Enfermé dans mon bureau, volets clos, j'observe Laïvely. Quand tout a-t-il commencé ? Quand je l'ai assemblée, cherchant à reproduire au plus près les notes de la voix de Liv ? Quand j'ai coupé ce fil rouge, un peu ras ? Ou le vert, en l'effilant ? Quand ces mêmes fils ont été assemblés, conçus, créés quelque part en Chine, ou ailleurs ? Que dirait David de tout cela ?

Mais le problème vient peut-être de moi. De ces associations étranges qui se forment depuis toujours dans mon cerveau et n'ont été contrôlables, finalement, que lorsque je vivais à Londres, avec Liv. Est-ce bien la première fois que je prête aux objets qui m'entourent des dons qu'ils sont loin de posséder ? Cet univers parallèle est-il ma perte ou, au contraire, mon salut ? Mon équilibre vient-il de ma croyance en leurs talents, est-ce la preuve définitive que je perds la tête ?

Il ne s'agit pas de Laïvely ni de moi, décidé-je soudain. Mais de faits. De faits concrets, réels. Je n'ai rien inventé. La mort de Liv. Le déménagement. L'installation de Babette et de Téo. Et les changements d'humeur de Laïvely. Elle a eu ces rires mauvais, je les ai entendus, je suis prêt à en jurer. Et puis, mon nez peut en témoigner, les portes des placards sont bien venues me claquer au visage. En aucun cas je n'aurais été assez fou pour me les envoyer moi-même en travers de la figure. Jamais.

Alors ?

Il y a eu cette chute dans l'escalier, quand j'ai oublié Laïvely au garage. Puis le placard de la chambre, le soir de notre dernier dîner au restaurant avec Babette. Ceux de la cuisine, à deux reprises.

Si Laïvely cherche à me dire quelque chose, qu'est-ce que cela peut bien être ? Si elle était jalouse de Babette, elle aurait exprimé son mécontentement plus tôt. Non ? L'aurait-elle fait sans que j'en tienne compte ? Serais-je passé à côté d'autres signes ?

Je fouille dans ma mémoire, sourcils froncés. Laïvely émet un petit rire, perlé. Oh oui, semble-t-elle dire, il y en a eu, des signes. Mais il n'y a pas pire sourd que celui qui ne veut pas entendre.

Soudain, un air de musique s'élève dans la pièce. Siffloté par Laïvely. Et la mémoire me revient. Oui, il y en a eu. Comment ai-je pu être aveugle à ce point-là ? Ou assez inconscient pour les ignorer ?

LONDRES

Je suis rentré plus tôt d'un déplacement en Écosse. On m'avait demandé d'intervenir à l'université de Glasgow, de parler de mon parcours. J'avais sorti le discours habituel, une jolie histoire d'autodidacte. Rien sur mes associations singulières qui, pourtant, expliquaient à elles seules mes créations. Elles n'appartenaient qu'à moi. Elles m'avaient coupé des autres, enfant, et je ne tenais pas à revivre cet ostracisme que l'étrangeté de nos caractères provoque parfois chez nos congénères. J'en restais donc à des poncifs et des lieux communs, et tout le monde était content comme ça.

Je suis donc rentré plus tôt. Un dîner de gala a dû être annulé, pour je ne sais quelle raison, et j'en ai profité pour prendre l'avion précédent.

Quand j'ai franchi la porte de la maison, seul le silence m'a accueilli. Lisa dormait chez une amie. Liv devait être à son cours de yoga. Je ne l'avais pas prévenue de mon retour, je voulais lui faire la surprise. Dans mon sac de voyage, une reproduction d'une lettre de Marie Stuart à Élisabeth Ire, sa cousine, attendait d'être offerte et encadrée. Liv vouait une admiration proche du culte à Marie Stuart. Elle avait particulièrement aimé la biographie que Stefan Zweig lui avait consacrée, l'un des multiples ouvrages venus nourrir sa passion. L'épisode de la vie de la reine qui la fascinait le plus était sa fuite hors d'une île perdue, alors qu'un sort peu enviable l'attendait. Elle se représentait la manipulation du gardien, l'amour feint ou réel de Marie pour son geôlier et sauveur. Elle l'imaginait sautant de la barque sur la berge pour se lancer à cheval dans une fuite éperdue. Le romanesque teinté de violence de ces instants-là nourrissait en elle un je-ne-sais-quoi qui lui mettait le rouge aux joues.

Je posai donc ma reproduction dans le landau et allai me servir un gin tonic. La nuit était tombée sur la ville, mais je ne pris pas la peine d'allumer les lumières. J'aimais rester dans cette semi-obscurité, à deviner les formes du salon assoupi autour de moi. Poussière, cyprès, mirabelles, roses fanées. Accompagnés du tic-tac d'un vieux balancier.

Je fermai les yeux, laissant l'odeur du gin me monter aux narines, écoutant mon souffle égal emplir la pièce, heureux et fatigué à la fois.

J'ai dû m'assoupir un instant. Ce n'est qu'au bruit des pas de Liv dans l'escalier, au son de sa voix, que je suis sorti de ma torpeur dans un sursaut.

Elle roucoulait. Le portable collé à l'oreille, sa voix avait des intonations que je ne lui avais connues que dans l'amour. Un babillage chantant, émouvant. Mimosa parfumé au mascarpone. Mais qui ne m'était cette fois-ci pas adressé.

J'ai hésité un instant sur la conduite à tenir. Tousser pour lui indiquer ma présence? Appuyer sur l'interrupteur de la lampe sur la table basse? Ou espérer qu'elle rejoindrait notre chambre sans allumer, sans remarquer mon sac de voyage au pied du landau, la bouteille de gin sur le comptoir de la cuisine, le tonic encore humide de condensation, que je n'avais pas pris la peine de remettre au frigo ?

Elle est passée sans me voir, accaparée par sa conversation. Un petit rire de gorge lui échappait de temps à autre. Je prenais soin de ne pas me concentrer sur les mots, mais uniquement sur leur musique, leur odeur, leur couleur. Toutes parlaient d'amour. Mais ce n'était pas à moi que Liv les adressait, ces marques de tendresse, ces preuves d'intimité.

Je l'ai entendue vaquer à ses occupations nocturnes. La salle de bains, l'eau qui coule dans le lavabo. La chasse d'eau des toilettes. Le cliquetis du plafonnier qu'on éteint. Le grincement du sommier. Un soupir de contentement. Le bruit des draps qu'on froisse à la recherche de la meilleure position pour dormir. Un bâillement. Puis plus rien.

Je suis resté immobile sur le canapé, je me demande même si je respirais encore. Je ne pensais plus à rien. J'étais vide. Évidé, même.

Je ne sais combien de temps a passé ainsi. Quelle importance ?

Au matin, Liv m'a découvert assoupi sur le canapé. Elle m'a réveillé d'un baiser, d'un rire. J'ai dit que j'étais rentré tard, que je n'avais pas voulu la déranger dans son sommeil. Elle m'a traité de nigaud, de gros bêta, des mots dont la sonorité lui plaisait, qu'elle utilisait avec une tendresse qui me chavirait le cœur chaque fois.

J'ai cru le temps d'un instant que tout était normal, qu'il ne s'était rien passé, que j'avais rêvé son retour, comme il m'arrivait souvent de distordre la réalité lorsque j'étais tellement pris par une composition, la recherche d'une note. La réalité s'effaçait alors et il me fallait toujours un long moment pour retrouver mes marques. J'aurais pu me laisser aller à ce mensonge qui, somme toute, m'arrangeait, si Liv n'avait eu un geste rapide en direction de son portable. Elle s'en saisit vivement, l'enfouit dans sa poche et me lança un regard par-dessus son épaule, comme pour s'assurer que je n'avais pas remarqué son manège. En voyant mes yeux posés sur elle, elle rougit, sourit, mais sans parvenir à éteindre la lueur de dissimulation que je lus dans le bleu de ses iris, ce bleu d'habitude si limpide et qui, soudain, me semblait receler des profondeurs abyssales et inexplorées.

Je me levai pour venir enfouir mon visage dans son cou, autant pour retrouver son odeur que pour éviter son regard.

Elle partit une demi-heure plus tard après un dernier baiser, me laissant à mes doutes, mes peurs, mes interrogations, et ma rage.

LA TOUTE PREMIÈRE FOIS QUE BABETTE A DORMI À LA MAISON, J'AI FAIT UN RÊVE ÉTRANGE.

Nous avions dîné elle et moi au restaurant chinois, avant de rentrer au Terrier, tout naturellement. Nous nous fréquentions depuis quelques semaines, et notre histoire trouvait son rythme, un peu hésitant, un peu branlant, mais empreint de tendresse. Nous avions déjà partagé quelques cafés, deux ou trois déjeuners, autant de baisers chastes. Les choses semblaient se faire naturellement. Je n'avais eu ni le cœur emballé, ni les mains moites, et encore moins de sensation de vertige, la première fois que mes lèvres avaient rencontré les siennes. Ce jour-là, j'avais été une fois encore le dernier client à quitter la piscine, et nous avions marché du même pas vers la station de métro. C'en était presque devenu une habitude. Je ne sais pourquoi, cette fois-ci, il m'a semblé tout naturel, au moment de nous quitter, de me pencher vers elle. Elle a plongé ses yeux dans les miens. J'y ai lu une interrogation, du désir et une certaine forme de reddition. Je ne sais pas ce qu'elle a découvert dans les miens.

Nos lèvres se sont rencontrées. Les siennes étaient pleines, fermes, au goût de javel et d'un petit quelque chose d'autre que j'ai mis des mois à identifier. De la cardamone.

Notre baiser a été bref, Babette s'est ensuite détournée, a dévalé les marches de l'escalier avant d'être avalée par la bouche de métro. Je suis rentré au Terrier sans penser à rien, ne rêvant pas d'avenir, le pouls régulier. Content malgré tout, à défaut d'être heureux.

La première fois, donc, que Babette est restée, nous avions déjà couché ensemble. Il ne me reste aucun souvenir précis de notre premier corps-à-corps, ce que je ne cherche aucunement à expliquer. C'est ainsi. En revanche, je sais que j'ai tout de suite aimé les courbes de ses hanches, la texture de sa peau, le galbe de ses cuisses, la chaleur de son souffle. Elle dégageait une sensation de vie étonnante. Elle m'insufflait une énergie étrange, bienvenue.

Après l'amour, elle s'est blottie contre moi. Son ventre épousait le mien, ses bras m'enserraient comme si elle se raccrochait à une bouée. Je lui caressais le dos d'une main distraite, goûtant le grain de sa peau, comblé. Laïvely diffusait un vieil album de Ben Harper en sourdine. Babette m'a embrassé dans le cou, à la lisière de ma barbe, riant d'en avoir les narines chatouillées. J'ai souri. Et nous nous sommes endormis.

Dans la nuit, j'ai fait ce rêve étrange. Nous étions, Liv et moi, dans Hyde Park, à pique-niquer. C'était une belle journée de juin, comme Londres seule sait en offrir. Lisa jouait un peu plus loin, elle s'était fait des amis. Liv, une fois n'est pas coutume, était plongée dans un roman contemporain, dont je n'arrivais pas à lire le titre sur la couverture, tout en étant persuadé de l'avoir déjà lu. Un rouge-gorge chantait non loin. Un nuage éclipsa brièvement le soleil, et Liv releva ses lunettes de soleil sur son front. Je lissais l'herbe, comptant ses brins, observant les insectes qui y menaient leur vie laborieuse. Les rires et les cris des enfants me berçaient et l'envie d'une sieste se fit pressante. Je fermai les yeux. Quand je les rouvris, Hyde Park et Liv avaient disparu. Lisa n'existait même pas. J'étais seul, dans un cimetière désert. Allongé dans une tombe, mains croisées sur le cœur, le regard rivé sur un ciel sans étoiles, je contemplais l'immensité vide d'un temps qui ne m'appartenait pas. J'étais maudit, mon âme vendue au diable, comme le veut la tradition anglaise, étant le premier à trouver un repos éternel en ces terres. J'étais mort, bel et bien mort. Et personne n'était là pour me pleurer. J'ai de nouveau fermé les yeux. Quand je les ai rouverts, une femme était à mon côté. Une inconnue. Elle me souriait en me caressant la joue et me parlait, mais je n'entendais pas les mots qui franchissaient ses lèvres. Mon érection me gênait comme une indécence. Mais la femme caressa mon sexe avant de grimper sur moi. Je la sentais sans la sentir, je l'aimais sans l'aimer, j'éprouvais du plaisir sans jouir. Elle se cambra, emportée par l'orgasme, mais mon sexe restait dur et ferme, un silex qui lui tranchait les entrailles, qui la poignardait et le sang se mit à couler le long de ses cuisses, les traits de son visage se crispaient maintenant de douleur, alors qu'impuissant j'assistais à sa mise à mort, à son assassinat, mon membre l'arme la plus déraisonnable qui soit.

Babette poussa un dernier cri de plaisir, et je me retrouvai soudain dans mon lit, elle cambrée sur moi, mon sexe palpitant en elle. Les bribes du rêve me collaient encore à la peau, j'avais un goût de poussière de terre dans la bouche, un carillon me vrillait les oreilles, je sentais le soufre et l'encens. Ma jouissance fut d'une telle puissance que je crus en mourir.

Babette s'étant laissée tomber sur mon torse, son cœur palpitait violemment contre moi. Ce furent ces battements qui me ramenèrent au temps présent, à ma chambre, à cette femme, à notre nuit.

Elle m'embrassa longuement, avec tendresse, et ma main vint se perdre dans ses boucles blondes, mes doigts se mêlant à ses cheveux auxquels je m'agrippai comme à une ligne de vie fragile, seul recours contre une noyade certaine.

Le lendemain, au petit déjeuner, le rêve m'avait définitivement quitté. Laïvely chantonnait des vieux tubes d'Eddy Mitchell, ce que Liv n'avait jamais fait. Pour la première fois, ce tube d'aluminium n'était rien de plus qu'un objet fonctionnel, un assistant domotique un peu plus élaboré que d'autres. Babette papotait en buvant son café, sa voix couvrait la musique. J'avais le sentiment étrange d'assister à cette scène comme en spectateur tout en ayant l'impression de n'avoir jamais de ma vie été aussi présent, dans l'instant, comme si rien d'autre ne pouvait arriver désormais, comme si de toute éternité j'allais rester là, à cette table, face à cette femme, à écouter en toile de fond cette voix de crooner dans le matin printanier.

Puis un rouge-gorge se mit à chanter, et Laïvely se tut. Avant de lui répondre d'un trille joyeux.

Je repense maintenant à ce rêve, à cette soirée, à cette matinée. J'essaie d'en recomposer les sons, les parfums, l'ambiance. Y avait-il la moindre dissonance dans ce petit déjeuner que j'aurais dû être capable d'identifier ? Serais-je l'instrument de la perte de Babette ? Suis-je symboliquement en train de la tuer ? À force de projeter sentiments et ressentiments sur Laïvely, ne suis-je pas en train de me dédouaner de toute responsabilité concernant les événements des mois précédents ? Cette chose n'est-elle rien d'autre que le réceptacle de mes humeurs vagabondes ? Ou est-elle dotée de ce qu'il faut bien appeler une conscience ? Éprouve-t-elle de la jalousie, de l'amour, de la peine ? Souffre-t-elle ? Voit-elle dans ma vie avec une autre une vengeance sans éclat pour avoir été trompé par celle dont elle a la voix ?

Il ne me reste qu'une certitude : je me perds.

LONDRES

J'ai cru avoir rêvé la scène de mon retour à la maison. Il m'arrivait d'avoir des absences quand je restais trop longtemps centré sur moi-même, à la recherche d'une note qui m'échappait, d'un goût dont j'avais le nom au bout de la langue, le parfum aux narines. Cette sensation m'était épargnée pendant de longues périodes, parfois des années, pour revenir, notamment lors de changements de lieu, d'habitude, ou après un choc émotionnel. Elle avait été très prégnante lors de mon enfance, m'avait abandonné complètement à l'adolescence pour me hanter au début de ma vie d'adulte, notamment le lendemain de nuits sans grand sens auprès d'une conquête ou d'une autre. Depuis que je vivais avec Liv, il m'était rarement arrivé d'y être confronté. Je ne me souvenais que d'une poignée de fois où cela s'était produit. La dernière, lors de la naissance de Lisa. Le bouleversement que je ressentis à voir son petit corps collé contre celui de sa mère, mammifère déjà à la recherche d'un sein, me propulsa dans une autre dimension. J'étais là sans l'être, c'était mon histoire et ça ne l'était pas. Cette femme qui venait de donner la vie m'était inconnue. La vie de cet enfant ne me concernait pas.

Caméra, cameraman, acteur et metteur en scène, je remplissais ces rôles tout à la fois.

Je serais bien en peine de dire combien de temps je suis resté ainsi à côté de mon corps, de ma vie, avant de réintégrer ma peau. L'expérience fut violente, profondément déstabilisante.

Or, le voyage à Édimbourg, s'il n'avait pas cette puissance-là, répondait malgré tout à ce type de circonstances. J'y avais passé trois jours intenses, entre ma conférence, deux rendez-vous avec des producteurs pour travailler à la musique d'une nouvelle pièce de théâtre, les dîners, les rencontres, les repas trop lourds, le whisky et le vin. Peut-être avais-je eu besoin, à mon retour, de rentrer de nouveau en moi-même, de pénétrer ce lieu interne où rêve et réalité ne forment plus qu'un, brisant toute frontière hermétique entre eux.

Liv, en tout cas, me semblait inchangée. Je l'observais un peu plus, un peu mieux. Je notais l'apparition d'une nouvelle ride à la commissure de sa bouche, d'une légère varice à la pliure du genou. Sa voix, aussi, était devenue légèrement plus grave. Elle chantait un peu moins, et préférait soudain Souchon à Piaf ou à Barbara. *Londres sur Tamise* avait ses faveurs, elle la fredonnait à longueur de temps. Depuis quand ?

À étudier ainsi ma femme, je pris conscience que je ne la regardais plus depuis trop longtemps. Je pensais que nous marchions main dans la main vers un but commun, mais peut-être nous contentions-nous d'avancer côte à côte, et pas toujours d'un même pas.

Je décidai de la séduire à nouveau. Car si je faisais moins attention à elle, il en allait de même de son côté. Nous nous croisions dans notre lit, dans la cuisine au moment de préparer le repas, ailleurs encore, mais sans prêter plus attention que ça à la présence de l'autre. Parfois même, nous nous contournions comme nous le faisions avec le landau, qui semblait animé d'une vie propre et capable de se mettre en travers de notre chemin au moment le moins opportun.

Je choisis donc d'emmener Liv un week-end à Oxford. Tous les deux. J'organisai tout sans rien lui dire. Lisa partit s'installer chez Henry, mis dans la confidence. Et j'allai un vendredi soir me poster près du théâtre où travaillait alors Liv pour l'enlever, direction la gare et Oxford.

Elle sortit de là entourée d'une bande de jeunes maquilleuses pépiantes. Un homme, un seul, faisait partie du groupe. Un beau quinquagénaire, au sourire engageant, à l'allure élégante. Il tenait Liv par le bras, signe d'une complicité évidente.

Je n'avais pas souvenir qu'elle m'eût un jour parlé de lui. Je n'avais aucune idée de qui il pouvait bien être. Le metteur en scène ? Un acteur ? Le propriétaire du théâtre ?

Ils ont rapidement pris congé des autres pour s'éloigner d'un pas vif sur le trottoir. Je n'avais pas eu le temps de m'avancer, de crier le nom de ma femme, de me faire voir, et je suis resté planté là, indécis. Les suivre ? Courir après eux et interpeller Liv ? Si cet homme était son amant, que penserait-elle de mon intrusion ? Que je la suivais, que je n'avais pas confiance en elle. S'il ne l'était pas, elle parviendrait aux mêmes conclusions. Il était trop tard, déjà, pour la surprendre avec mes billets de train, notre sac de voyage à la main, mon regard amoureux.

J'ai traîné un peu, avant de reprendre le chemin de la maison. Il suffirait de l'y attendre, d'attraper le train suivant, rien n'était perdu, le week-end ne faisait que commencer.

Mais lorsque je sortis du métro, un message m'attendait dans la boîte vocale de mon portable. Liv s'excusait, elle rentrerait tard, les répétitions avaient duré plus longtemps que prévu, elle était désolée.

Tout ça me semblait vulgaire, petit-bourgeois, même. Cadre parfait pour une pièce de boulevard à l'humour un peu gras, aux quiproquos cousus de fil blanc. Alors, je refusai encore de croire qu'elle me trompait. Que notre couple n'était qu'une parodie de l'amour, qu'il n'avait pas échappé aux lieux communs. Qu'elle chantait sous la douche pour un autre. Qu'elle caressait avec la même tendresse un corps qui n'était pas le mien.

J'ai longuement déambulé dans le quartier, m'en éloignant pour y revenir. Je n'avais pas répondu à son message, ne sachant que dire. Elle n'avait pas cherché à me recontacter.

À vingt-trois heures, épuisé, perdu, j'ai fini par monter dans un train à destination d'Oxford.

BABETTE ET TÉO SONT PARTIS HIER. On a fait semblant de croire que tout cela était très joyeux, très chouette, très sympa. Attention aux marées ! Attention aux vagues ! Attention à ce que les fruits de mer soient frais ! ai-je conseillé. Repose-toi ! Sors ! Dors ! Et répare la porte du garage, si tu as le temps, a-t-elle soufflé avec un clin d'œil, parodie de complicité. J'ai opiné, les ai salués d'un dernier geste de la main, tandis qu'ils franchissaient le portail, encombrés par leurs bagages. Et je suis rentré dans la maison vide.

Lisa était chez une amie pour quelques jours. Rien ne venait briser le silence. Pas même un soupir de Laïvely.

Elle trônait sur la desserte de l'entrée, son voyant au vert. Et pourtant, n'émettant pas un son. Rien. Comme morte ou momifiée.

Je l'ai observée un long moment. L'esprit vide. Je ne pensais ni aux centaines d'heures qu'il m'avait fallu pour l'assembler, ni à la recherche du son parfait dont la doter. J'avais oublié les discours de David, les couleurs des fils, les lueurs bleutées qui me passaient devant les yeux au moment d'en connecter deux, le goût de marmelade d'oranges qui me picotait alors la langue. Ma mémoire semblait avoir effacé les souvenirs heureux, sa capacité à monter le thermostat de la salle de bains avant que Lisa ne se jette dans la baignoire, ses recommandations pour une cuisson des pâtes *al dente* qui seraient prêtes exactement au même moment que le rôti qui mijotait au four, ses goûts musicaux qui variaient de Cyndi Lauper à Mozart en passant par Gershwin et Pearl Jam, les contes du monde entier qu'elle susurrait le soir à l'oreille de ma fille pour l'endormir, sa sagacité lorsqu'il s'agissait de trancher entre deux programmes à la télé. J'avais rayé de mon esprit la manière dont elle avait appris à Lisa à jouer aux échecs, comment elle lui faisait répéter sa leçon d'espagnol et la tenait éloignée de tout contenu sur Internet inapproprié pour son âge. C'était comme si les nuits passées avec elle, à l'entendre fredonner tout bas aussi bien du Anne Sylvestre, qui me rappelait ma propre enfance, que du Balavoine, chanteur de mon adolescence, n'avaient jamais existé.

À cet instant-là, dans le couloir où l'obscurité finissait par gagner, dessinant autour des meubles des ombres étranges et inquiétantes, même le son du triangle m'échappait. J'étais une coquille vide, un être de chair et de sang, avec des jambes et des bras, mais plus rien d'autre, rien d'autre que de la peau et des os, un squelette, des nerfs et des muscles. Toute sensibilité m'avait abandonné, tout désir, tout projet. Toute conscience.

Je ne sais combien de temps je suis resté plongé dans cette espèce de catalepsie, laissant les ténèbres grignoter le peu de lumière qu'il restait au jour.

Soudain, le voyant de Laïvely a paru reprendre vie, comme si elle sortait d'un long sommeil, elle aussi. Il a clignoté légèrement, émeraude puis amazonite. Émeraude puis amazonite.

Hypnotisé, je suivais le passage d'une couleur à l'autre, emporté par un sentiment de bien-être étrange, comme lorsqu'on se remémore un souvenir d'enfant au goût de glace à la fraise et de sel de mer, sur l'air d'*Il était un petit navire*. Je crois m'être mis à fredonner doucement, tout en salivant à l'idée de cette glace.

Laïvely continuait de diffuser en silence ces lueurs apaisantes. Je me balançais doucement d'avant en arrière, ne la quittant pas des yeux.

Et puis après, plus rien.

Ce matin, c'est dans mon lit que j'ai ouvert les yeux. Mon lit et pas mon lit. Je reconnaissais tout sans rien reconnaître. Le petit navire n'avait toujours pas navigué. Il attendait au port le grand départ. Un enfant le dévorait des yeux, lapant avec gloutonnerie son cornet à deux boules.

La musique était plus forte sous mon crâne. Les saveurs, plus vives. Les couleurs, d'une netteté absolue.

J'ai de nouveau baissé les paupières.

LONDRES

Je suis rentré d'Oxford après un week-end morose, passé dans le lit de la chambre d'hôtel que je nous avais réservée. Il était trop grand pour moi seul, la chambre trop romantique, la ville trop animée. Je n'avais pas rallumé mon téléphone, Henry savait où nous étions descendus s'il y avait le moindre problème avec Lisa. Mais j'étais confiant, il n'y en aurait pas, il n'y en avait jamais avec Lisa. Il lui aurait raconté des histoires de peuples primitifs, lu des poèmes en grec dont elle aimait particulièrement la sonorité, fait écouter de la cornemuse, et l'aurait gavée de tartines recouvertes de beurre de cacahouètes, de confiture de framboises et de gelée de coing. Elle aurait eu un peu mal au cœur, mais pas trop, et se serait endormie en serrant contre elle son Paddington qu'elle aimait tant.

Quant à Liv, si elle m'avait laissé des messages, je n'étais pas prêt à les écouter. Je ne désirais qu'entendre son rire de clochette, goûter à ses lèvres des miettes de scones, passer la main sur sa hanche avant de fermer les yeux. Je n'avais pas envie de découvrir le son de sa voix dans le mensonge, cette voix qui me murmurait des mots d'amour dans une langue qui n'appartenait qu'à nous, qui me racontait ses journées folles, ou me questionnait sur l'une de mes dernières créations. J'oscillais entre colère, rage même, désespoir, peur de m'être trompé et peur d'avoir raison. De gros nuages rouges me passaient devant les yeux, le thé à la bergamote de l'hôtel me donnait la nausée, j'étais incapable d'avaler quoi que ce soit. Deux petites notes me hantaient, ressemblant au son émis par un métronome en colère. Leur tic-tac scandait les heures, insensible à un autre rythme que le sien.

Le dimanche après-midi, je suis monté dans le train sous une petite pluie qui se mariait à ravir à mon humeur. Je me sentais transi, gelé jusqu'aux os, seul comme il est rare qu'on en ait conscience.

Le train était bondé : des touristes enthousiastes, des jeunes retournant à la capitale après une journée passée à faire de l'aviron ou à boire dans les pubs, des grands-parents fatigués d'un dimanche en famille. Tout un brouhaha sous lequel je noyais ma morosité sans pour autant chercher à attraper un mot dont la sonorité m'aurait particulièrement plu, à retenir une voix au timbre parfait, rauque ou étranger. L'univers n'avait plus de goût, plus de couleur, plus aucune lumière. J'étais vidé, rincé, éviscéré.

La maison était vide. Pas de trace de Liv. J'ai erré d'une pièce à l'autre, cherchant des indices, des signes, des pistes. Avait-elle dormi là pendant mon absence ? S'était-elle même rendu compte que j'étais parti ? Oui, sûrement.

Je l'imaginais rentrant plus tard ce vendredi soir-là. Elle aurait mis la clé dans la porte le plus discrètement possible, grimaçant de l'entendre racler au fond de la serrure. Puis, sur la pointe des pieds, elle serait montée au salon. Dans la pénombre, son pied aurait heurté le landau. Elle se serait mordu les lèvres pour retenir son cri, puis, en claudiquant, aurait rejoint la cuisine pour y boire un dernier verre d'eau. À la qualité du silence, aurait-elle alors deviné être seule ? Peut-être. Prenant alors moins de précautions, elle serait montée à l'étage pour découvrir les chambres vides. L'absence de Lisa, tout d'abord, l'aurait inquiétée. L'avais-je emmenée à l'hôpital ? Serait-elle malade ? Blessée ?

Ma femme aurait alors cherché à me joindre, sans succès. Avant de tenter le numéro d'Henry, malgré l'heure tardive. Il se serait étonné de son appel. Nous allions bien ? À son tour, elle serait restée sans voix. Non, elle n'était pas avec moi, elle venait de rentrer, il n'y avait personne à la maison. Henry aurait laissé passer un ange, avant de rapidement la rassurer sur le sort de Lisa. La petite dormait dans sa chambre d'ami. Quant à moi… Dans un soupir, il aurait craché le morceau. Oxford, la surprise, le week-end en amoureux. Mais il ne répond pas ! aurait dit Lisa, cherchant déjà à faire de moi le coupable. Je ne sais pas, laisse-lui du temps, aurait répondu Henry.

Elle se serait couchée, frissonnante, dans les draps froids. Inquiète. Que savais-je ? Qu'avais-je compris ? Que me dire, comment m'expliquer ?

Je refusais pour ma part d'aller plus loin, d'entendre dans sa bouche des mots que je ne voulais pas y trouver.

J'ai posé mon sac de voyage au pied du landau et me suis affalé dans le canapé. Je reprenais mon souffle, attendant de trouver la force d'appeler Henry et d'aller chercher Lisa chez lui.

Mais on a frappé à la porte et j'ai laissé derrière moi mes élucubrations moroses pour aller ouvrir.

J'OUVRE ET JE FERME LES YEUX.

J'ouvre et je ferme les yeux.

J'ouvre et je ferme les yeux.

Chaque fois, le décor est le même : blanc sur blanc.

Alors, je les referme et ne sais combien de temps s'écoule entre deux battements de paupières.

Tic-tac. Tic-tac.

LONDRES

Je suis rentré d'Oxford dès le lendemain matin, après une nuit blanche dans une chambre d'hôtel au romantisme outré, ridicule. Je n'avais pas fermé l'œil de la nuit. Je m'étais tourné et retourné dans les draps, qui sentaient l'adoucissant à la vanille. Je détestais cette odeur, trop sucrée, trop sirupeuse, elle me donnait la nausée, j'avais envie de vomir, mais chaque fois que je me précipitais dans la salle de bains, pris de haut-le-coeur, je ne faisais qu'éructer des mots sans suite devant la porcelaine blanche des toilettes. À la fin de la nuit, j'en connaissais tous les défauts, je savais au millimètre près où l'émail avait sauté, ce qu'il faudrait réparer.

Je suis rentré, flageolant, misérable. Pour voir Liv tourner le coin de notre *mews* alors que je m'y engageais à l'autre bout. Mes pas tombèrent dans les siens.

Je ne réfléchissais plus. Je n'étais qu'un automate un peu raté, la démarche branlante, actionné par tout un jeu de fils et de cordelettes dont certains avaient été coupés.

Liv avançait à vive allure, bondissant sur les pavés, se jouant des passants moins pressés qu'elle, contournant la chaise d'un pub qu'un client semblait avoir égarée loin de sa table. Elle sautillait, légère, me donnant par instants le sentiment qu'elle flottait à quelques centimètres du sol. Je me traînais à sa suite, heurtant des ménagères lourdement chargées, manquant de tomber à cause de la roue d'une poussette, raclant ma veste au tronc d'un platane.

Nous avons atteint Bayswater Road, étrange équipage dans une ville qui l'était devenue tout autant. Je voyais les voitures, les bus, les vendeurs à la sauvette, les hommes-sandwichs vantant les mérites d'un restaurant ou d'un autre, distribuant leurs prospectus, pour certains déjà à moitié déchirés. Je savais que les stéréos hurlaient des tubes ringards depuis les magasins de souvenirs de la rue. Mais je n'entendais plus rien. Aucun son ne parvenait à mes oreilles, autre que le bruit des ballerines de Liv, qui me précédait d'une dizaine de mètres, aveugle à tout ce qui ne la pressait pas d'aller de l'avant.

Je suivais cette femme dans la foule, cette femme dont je connaissais les gémissements dans le plaisir, le goût des larmes, la peau, la salive, les odeurs, dont j'avais entendu la plainte après un cauchemar, et les cris d'emportement pour une bêtise un jour de fatigue. Cette femme dont les soutiens-gorge se mêlaient à mes caleçons. Que j'avais caressée, léchée, pénétrée. Et elle m'était inconnue. Plus inconnue que le jour où je l'avais rencontrée, de dos. Et c'est son dos qu'elle m'offrait encore maintenant, son dos qui m'aimantait, son dos dont je me rapprochais imperceptiblement, dans la cacophonie silencieuse d'une ville indifférente.

Nous avons traversé Bayswater Road. En deux temps.

Sur l'îlot central, alors que nous attendions que le feu passe au rouge pour rejoindre Hyde Park, ma main a frôlé son chemisier.

Elle n'a rien senti.

QUAND JE NE VOIS RIEN, JE VOIS TOUT. Chaque pièce du Terrier m'apparaît dans le moindre détail. Je serais capable de décrire avec une précision chirurgicale la tache qui se trouve à côté de l'interrupteur de la cuisine, et qui réapparaît systématiquement, qu'importe le nombre de fois où l'on repeint la pièce. Ou la forme exacte de la serrure de la porte des toilettes, un truc tarabiscoté qui doit dater du début du XIXe siècle, ou peut-être venir d'un brocanteur Art déco inspiré par le siècle précédent. Je sais aussi quelle latte a été abîmée lorsque nous avons changé le piano de pièce, ce qui n'a pas été une mince affaire. Les déménageurs avaient beau être des professionnels, ils n'en ont pas moins éraflé le papier peint du second, à l'angle avec l'escalier. Babette s'est empressée de colorier à cet endroit-là, avec un feutre de la teinte exacte de la tapisserie, mais il n'empêche, sa réparation a beau être parfaite, je sais, moi, que se trouve là une faille. Et que, dans son prolongement, au sol, une latte a perdu un éclat.

Donc, chaque fois que je ferme les yeux, toutes ces imperfections, ces blessures, ces saignées me viennent à l'esprit. Parfois, aussi, je me promène en Laïvely. Lilliputien, j'étudie ses fils, leurs couleurs, leurs agencements, débusque le moindre grain de poussière, responsable, peut-être, de ses sautes d'humeur. Je souffle, souffle sur ces derniers, espérant les chasser de là, lui rendre la perfection qui était la sienne lors des premiers temps. Quand elle prenait soin de nous. Quand elle riait avec nous, de ce rire qui était une caresse, un berlingot bigarré aux teintes chatoyantes. Mais elle vieillit et rouille, sa voix se casse, devient plus rauque, parfaite réplique de celle de Liv lorsque lui prenaient ses courtes flambées de colère, contre la théière sale, la page cornée du livre.

J'ouvre et je ferme les yeux.

Blanc, blanc, blanc.

LONDRES

Je suis rentré d'Oxford dès le lendemain.

J'avais dormi comme un loir, assommé par le champagne que j'avais bu seul, dans la nuit, berçant ma douleur et sa trahison.

Je suis monté dans le train, une sacrée gueule de bois en bagage. Mes renvois disgracieux ont fait fuir ma voisine, craignant sûrement que je ne finisse par être malade sur ses genoux.

Le voyage m'a semblé interminable. J'avais soif. Et bien sûr, n'avais pas pensé à acheter une bouteille d'eau à la gare.

Je voulais être chez moi, me doucher et m'écrouler dans mon lit, notre lit, y cuver mon vin et ma détresse, me réveiller sous les traits d'un homme neuf, un homme capable de confronter sa femme adultère, un homme assuré de son bon droit, légitime dans sa colère. Un homme qui pourrait aussi bien lui dire : « Chérie, je t'aime, tout ça n'a aucune importance, partons » que « Ta valise est prête, salope. Dégage ». Un type qui aurait le torse velu et de grosses mains, des mains de boucher ou de bûcheron, par exemple. Oui, un gars qui abattrait les arbres et les bœufs d'un seul coup porté de manière nette et franche.

Quand je suis entré dans la *mews*, Liv et Lisa sortaient de chez Henry. J'ai entendu leurs voix, souhaité qu'elles aillent au parc. Je n'avais pas envie qu'elles me voient ainsi, un pauvre gus que la simple possibilité d'être cocu achève au point qu'il en perde la moindre trace de virilité.

Les dieux m'ont été favorables, elles ont quitté la ruelle pour prendre la direction de Bayswater Road, je connaissais le trajet par cœur, tu penses, je l'avais arpenté si souvent, avec la petite menotte de Lisa perdue entre mes longs doigts fins de pianiste. Elle aimait particulièrement avancer sur le fil du trottoir, prétendant être une artiste de cirque suspendue à un filin presque invisible tant il était haut sous le chapiteau, y réalisant des figures qui tiraient des cris de crainte et d'admiration aux spectateurs, effrayés et excités à l'idée qu'elle tombe de là.

Mais là, Lisa ne jouait pas à être une autre. Sauf, peut-être, une pâle copie de sa mère. Elle marchait du même pas que Liv, soignant sa posture, faisant onduler légèrement sa jupe sage, le buste droit et tendu en avant, le menton relevé.

Je les suivais et elles ne se retournaient pas. Par moments, je les perdais dans la foule du samedi après-midi. Elles disparaissaient à mes yeux, et un vide étrange se formait alors en moi, un voile blanc recouvrait tout, plus un son ne me parvenait. Le monde était vide, j'arpentais un désert polaire, sans chaleur, sans amour, sans vie.

Puis je les apercevais de nouveau, la mère et la fille, heureuses d'être ensemble, oublieuses du reste du monde, n'ayant aucunement conscience des poignards que l'image qu'elles offraient me plantait dans le cœur. Alors, le monde devenait sang, *crimson* était le mot que je goûtais à mes lèvres desséchées par l'ivresse et la chaleur, « cramoisi », un terme qui résonnait à la fois comme une malédiction et comme une promesse. Liv aurait dû être accablée, anéantie à l'idée que j'ai deviné sa traîtrise. Elle aurait dû être en train de se précipiter à Oxford, prête à se traîner à mes genoux, mes genoux forts de bûcheron ou de boucher, elle aurait dû balayer le sol de ses cheveux, arracher sa chemise en signe d'expiation. Pleurant, se maudissant, elle implorerait mon pardon. Et froidement, tel un roi antique, un dieu, même, je lui lancerais du haut de mon trône, de mon honneur de mâle, de ma virilité : « Femme, tu es la porte du diable. C'est toi qui as touché à l'arbre de Satan et qui, la première, as violé la loi divine », citant Tertullien. Et elle saurait alors que tout pardon était exclu tant la faute était grande. Elle mesurerait ce qu'elle avait perdu, pour un sourire charmant, une galanterie, un compliment bien tourné. Accablée, anéantie, elle resterait, comme mortellement blessée, allongée de tout son long sur le tapis persan de la chambre, tandis que je l'enjamberais sans un dernier regard, laissant cette vermine à son funeste destin.

Nous sommes arrivés sur l'avenue. Le bruit de la circulation, des rires et des conversations, de la musique qui s'échappait des boutiques pour touristes me vrillait les oreilles. J'avais le sentiment de devenir aveugle, de m'être perdu dans une époque qui n'était pas la mienne, dans un conte où je ne tenais aucun rôle.

Le fringant quinquagénaire s'est avancé. Liv a poussé un petit cri de plaisir qui a effacé tous les sons de la ville. Elle a déposé une bise légère sur la joue de l'homme, lui a présenté notre fille qui, timide, se cachait entre les jambes de sa mère.

Tous trois se sont avancés vers le passage piéton. Le feu était vert. Ils attendaient sagement de traverser.

Si Liv avait été un peu plus attentive, elle aurait senti mon souffle dans son cou. Senti ma main sur ses reins.

Mais Liv n'était déjà plus sensible à ma présence. Elle était partie trop loin.

J'OUVRE ET JE FERME LES YEUX.

J'ouvre et je ferme les yeux.

J'ouvre et je ferme les yeux.

Chaque fois, le décor est le même : blanc sur blanc.

Alors, je les referme et ne sais combien de temps s'écoule entre deux battements de paupières.

Vermillon, carmin, cerise, incarnat, coquelicot, groseille, amarante, lie-de-vin, cramoisi.

Kaki, amande, vert olive, chartreuse, forêt, gazon, avocat, glauque.

Moutarde, ambre, canari, beurre frais, merde d'oie, bouton-d'or, jacinthe, banane.

Lapis, indigo, outremer, céruléen, Majorelle, Klein, aigue-marine, bleuet.

Et puis, blanc, blanc, blanc. Polaire.

Mais on a frappé à la porte et j'ai laissé derrière moi mes élucubrations moroses pour aller ouvrir.

Henry m'a dévisagé sans rien dire un long moment. Il était hagard, blême, et son apparence était si choquante, pour moi qui l'avais toujours vu tiré à quatre épingles, que je n'ai pas remarqué l'absence de Lisa à ses côtés.

Sans dire un mot, il m'a pris par le bras pour me guider jusqu'à l'étage et m'a installé dans le canapé que je venais à peine de quitter.

Puis il a ouvert la bouche, mais je n'ai vu s'en échapper que des monstres aux crocs acérés, aux yeux de braise. Des démons. Je reconnus Eurynome, avec ses dents longues, son corps rempli de plaies et sa peau de renard qui ne le couvrait qu'à moitié. Paymon le suivait, juché sur son dromadaire, et Amduscias donnait un de ces concerts dont il a le secret, où résonnent les trompettes sans qu'on les voie. Le duc de l'enfer était accompagné de Bune qui, un cadavre sous le bras, se réjouissait déjà de le déplacer sans que personne y prenne garde. Il y en avait d'autres, encore, que j'avais peine à identifier, et tous criaient, se haranguaient, cherchaient à prendre le dessus sur les autres, au point qu'il m'était impossible d'écouter ce que disait Henry, un Henry qui maintenant me secouait à m'en faire claquer les dents, et que je stoppai net quand il leva la main sur moi.

Brusquement, les princes et ducs des enfers disparurent, comme s'ils n'avaient jamais été là.

Et la voix d'Henry m'atteignit enfin.

– Liv est décédée à son arrivée à l'hôpital. C'était trop tard. Ils n'ont rien pu faire. Je suis désolé, Stan. Tellement désolé.

Et il s'effondra à mon côté, le corps ravagé par les sanglots, des sons sans queue ni tête s'échappant de ses lèvres, des sons dans lesquels il me semblait reconnaître par instants les syllabes composant le nom de ma fille.

Et je restai les yeux secs, à fixer le mur blanc qui me faisait face.

Je ne sais plus comment se sont déroulés les jours qui suivirent. Je n'étais capable que d'avaler avec parcimonie la moindre bribe d'information. Et le soir, telle Pénélope défaisant son ouvrage, je reliais, quant à moi, les fils les uns aux autres.

Liv était rentrée tard, comme je l'avais imaginé. Elle avait appelé Henry. Était passée chez lui. Il lui avait dit où je me trouvais. Et elle avait décidé de me surprendre à son tour en prenant le premier train le lendemain pour Oxford, Lisa à sa remorque. Le week-end en amoureux se transformerait en week-end familial, récompense suprême, amour supérieur à tout autre, les priorités reprendraient leur place.

Comment l'accident avait-il pu se produire ? Et de manière aussi absurde, ridicule et indigne d'elle ? Qu'avaient été ses dernières pensées ? Un air de Piaf, un « merde » retentissant, un « Pourvu que je ne file pas mon collant » ? Quelque chose de trivial ou quelque chose de puissant, à la hauteur de l'événement ? Je ne le saurai jamais.

L'enterrement fut triste et sobre. Je ne cherchai pas à repérer parmi les amis venus l'accompagner à sa dernière demeure le beau quinquagénaire avec qui elle avait quitté le théâtre, quelques jours à peine auparavant. Ça n'avait plus d'importance.

Laila, l'amie des débuts, avait fait le déplacement depuis le Devon. Abasourdie, elle tentait de me consoler, mais sa propre peine lui était déjà trop lourde à porter. L'amie de Liv avec qui elle faisait du yoga vint aussi me dire quelques mots. Je n'étais plus capable de me rappeler son prénom. Je souris un peu tristement en regardant nos pieds, notant la motte de terre qui collait à son escarpin bleu marine, me demandant si je devais la lui signaler. Elle était jolie, apprêtée, je l'imaginais mal supporter qu'une telle chose soit possible, vienne briser la perfection du reste de sa personne. Plus elle parlait, et plus cette boue m'obsédait. J'en avais l'odeur dans les narines, le goût dans la bouche. J'entendais presque le *splosh !* que son pied avait dû émettre en se plantant dans la terre molle. Était-ce celle qu'on avait dû creuser pour faire une place aux morts qu'on enterrait ce jour-là ?

Le défilé de condoléances se poursuivit. Henry me soutenait, planté à ma gauche. À ma droite, la présence spectrale de Lisa.

Quelques semaines plus tard, Londres disparaissait, avalée par le bruit des wagons de l'Eurostar sur des rails grinçants.

J'OUVRE LES YEUX.

Laïvely clignote. Émeraude et amazonite. Je reste le regard rivé à ces deux tons de vert, censés apporter paix de l'âme et guérison.

Le vert, le temps d'une saison, avait été la couleur préférée de Liv. Il se mariait si bien avec le roux de ses cheveux, on aurait pu la croire écossaise, souvent les gens s'y laissaient prendre. Elle aimait tellement le vert que même nos plats déclinaient cette teinte à l'infini. Salades, choux, brocolis, fanes de carottes, avocats, concombres, kiwis, pastèques, citrons verts, corossol, olives, menthe, basilic, artichauts, pommes, haricots, petits pois… La liste semblait ne jamais devoir finir.

Nous nous amusions des dégradés dans les assiettes, Liv avait même réussi à mettre la main sur tout un tas de couverts allant de l'opaline à la pistache.

Est-ce pour cela que j'ai choisi, lors de la création de Laïvely, de faire appel au vert ? Ou tout simplement parce que c'est cette couleur qui nous donne la permission d'avancer, de traverser, d'aller de l'avant ?

Les méandres que suivent certaines pensées ressemblent à des labyrinthes dont aucun fil d'Ariane ne pourra jamais nous sortir. Le vert me ramène maintenant au lapin d'Alice, au Terrier. Il en est absent. Sauf à travers les caprices de Laïvely.

Je tourne la tête vers la fenêtre. Le platane est couvert de feuilles. Vertes, elles aussi, évidemment. Oxygène. Respiration. Souffle.

Il fait beau aujourd'hui, le soleil brille. Il me semble que c'est la première fois depuis des semaines, des mois, peut-être. Je n'ai aucune idée de quel jour nous sommes. Ne me rappelle plus depuis quand Babette et Téo sont partis. Vingt-quatre heures ? Cinq jours ? J'ai la sensation d'avoir moi-même accompli un long et lent voyage. J'ai remonté le temps, retrouvé le plaisir des baisers de Liv, le son si doux et harmonieux de son rire. J'ai retrouvé nos promenades dans Londres, l'amour dans sa petite chambre, la galère dans les pubs, et puis Greenwich, Paddington, le landau, Henry, le succès, les vacances, Lisa, les babillages enfantins, la mâchoire d'âne, le piano, et tout le reste. Oui, tout le reste. Les dissimulations et les mensonges. Les absences et les regards fuyants. L'alcool. Le silence, pire que des insultes.

Je n'ai pas entendu son dernier cri. Ni ceux des passants. Ni le choc sourd du bus contre les corps de ma femme et de ma fille, celle-ci entraînée par la main de sa mère sous les roues du mastodonte. J'étais déjà ailleurs. Tout cela ne me concernait plus.

Je suis lourd de ce passé qui m'encombre.

Une vague odeur de chlore vient me chatouiller les narines. Babette. Oui, il y a Babette aussi.

Quand ai-je été entier, en possession de mon destin ? Quand je vivais à Londres, avec femme et enfant ? À mon arrivée à Paris, au Terrier ? Dans les bras de Babette ?

Je ne sais plus où se situent mes absences au monde, ni la place que j'y occupe. Je ne sais plus ce qui relève du rêve ou de la réalité. Les fringants quinquagénaires séduisent-ils les maquilleuses dans les coulisses des théâtres ? Les compositeurs goûtent-ils à l'ivresse de la mélodie monotone de la houle ?

Je touche mon nez. Il n'y reste aucune trace de l'agression du placard. Je regarde mes mains. Ont-elles vraiment secoué Téo ? Joué du piano ? Caressé le corps d'une femme ?

JE ME LÈVE LENTEMENT. Le plancher crisse sous mon poids. Je reconnais ce son. J'avance jusqu'à la porte de la chambre, tourne la poignée et sors sur le palier. Mon regard se perd vers l'étage.

Lentement, je grimpe les marches. Comme si je souhaitais ne jamais arriver sur le palier.

Je ralentis encore à la dernière. Face à moi, le couloir, les portes.

Mon cœur reste calme, son rythme inchangé. Un courant d'air vient me frôler la joue, avec tendresse. Un soupir m'échappe.

Je pousse la première porte. La chambre double. Celle de Lisa. Celle du passé de tante Agathe. Et un peu du mien aussi.

La pièce est sombre, les volets fermés. Ça sent l'humidité et le renfermé. La poussière me pique les yeux. Je bats des cils. Ça fait bien longtemps que personne n'est venu là. Chrysanthèmes blanc azur, abricots bien mûrs, juteux.

Les contours finissent par adopter des formes. Un vieux lit en merisier. Un bonheur-du-jour. Des cartons empilés sous une couverture qui s'effiloche. Des tableaux tournés contre le mur. Des reliques. Un vieux divan grenat. Une lampe avec son abat-jour à franges.

Sur une vieille coiffeuse bancale au marbre terni, quelque chose scintille, touché par la lumière provenant du couloir, m'attirant irrésistiblement.

Une barrette rose.

REMERCIEMENTS

Merci à Marie-Pierre Gracedieu et à toute l'équipe du Bruit du monde pour leur enthousiasme, leur confiance et leur travail sur ce roman.

Merci à toute l'équipe de Pontas Agency, en particulier à Anna Soler-Pont, toujours présente à mes côtés, et à Carla Briner.

Merci à Eloïse Mozzani et à son merveilleux *Livre des superstitions*, publié dans la collection « Bouquins » chez Robert Laffont.

Merci à Florence, sans toi, pas de *Chambre double*.

Merci à Laurent qui m'a fait découvrir le quartier de la Mouzaïa, à Paris, et le Terrier.

Et puis… merci aux amis, aux lecteurs, aux libraires, aux blogueurs, aux journalistes, aux bibliothécaires, aux profs qui donnent le goût de la lecture, à tous ceux qui font vivre les livres, les partagent, les commentent, en parlent, les offrent, les déposent dans une boîte à livres pour qu'ils poursuivent autrement leur vie.

CATALOGUE

Anuk Arudpragasam
Un passage vers le Nord
Traduit de l'anglais (Sri Lanka) par Dominique Vitalyos
2023

Christian Astolfi
De notre monde emporté
2022

Hanna Bervoets
Les choses que nous avons vues
Traduit du néerlandais par Noëlle Michel
2022

L'expérience Helena
Traduit du néerlandais par Anne-Laure Vignaux
2023

Anna Hope
Le Rocher blanc
Traduit de l'anglais par Élodie Leplat
2022

Alice Kaplan
Maison Atlas
Traduit de l'anglais (États-Unis) par Patrick Hersant
2022

Semezdin Mehmedinović
Le matin où j'aurais dû mourir
Traduit du bosnien par Chloé Billon
2022

Noëlle Michel
Demain les ombres
2023

Touhfat Mouhtare
Le Feu du Milieu
2022

Sara Mychkine
De minuit à minuit
2023

Maude Nepveu-Villeneuve
Après Céleste
2023

Aslak Nore
Le Cimetière de la mer
Traduit du norvégien par Loup-Maëlle Besançon
2023

Boris Pétric
Château Pékin
2022

Stine Pilgaard
Le pays des phrases courtes
Traduit du danois par Catherine Renaud
2022

Juan Tallón
Chef-d'œuvre
Traduit de l'espagnol par Anne Plantagenet
2023

Lisa Weeda
Le palais des Cosaques perdus
Traduit du néerlandais par Emmanuelle Tardif
2023

#lisez! engagé
www.lisez.com
Pour plus d'information :
Imprimé sur du papier issu de forêts gérées durablement.

Ouvrage réalisé par Cursives à Paris

CET OURVAGE
A ÉTÉ ACHEVÉ D'IMPRIMER
SUR ROTO-PAGE
PAR L'IMPRIMERIE FLOCH
À MAYENNE EN AVRIL 2023

N° d'édition : M20672/01
N° d'impression : 102242
Imprimé en France